용검풍 4

한성재 新무협 판타지 소설

초판 1쇄 찍은 날 § 2007년 5월 22일
초판 1쇄 펴낸 날 § 2007년 5월 31일

지은이 § 한성재
펴낸이 § 서경석

편집장 § 문혜영
편집책임 § 이재권
편집 § 유경화 · 유혜림

펴낸곳 § 도서출판 청어람
등록번호 § 제1081-1-89호
등록일자 § 1999. 5. 31
어람번호 § 제2-1211호

주소 § 경기도 부천시 원미구 심곡1동 350-1 남성B/D 3F (우) 420-011
전화 § 032-656-4452 팩스 § 032-656-4453
http://www.chungeoram.com
E-mail § eoram99@chollian.net

ISBN 978-89-251-0719-6 04810
ISBN 978-89-251-0521-5 (세트)

龍劍風

한성재 新무협 판타지 소설

Fantastic Oriental Heroes

4

| 정사대전 |

도서출판 청어람

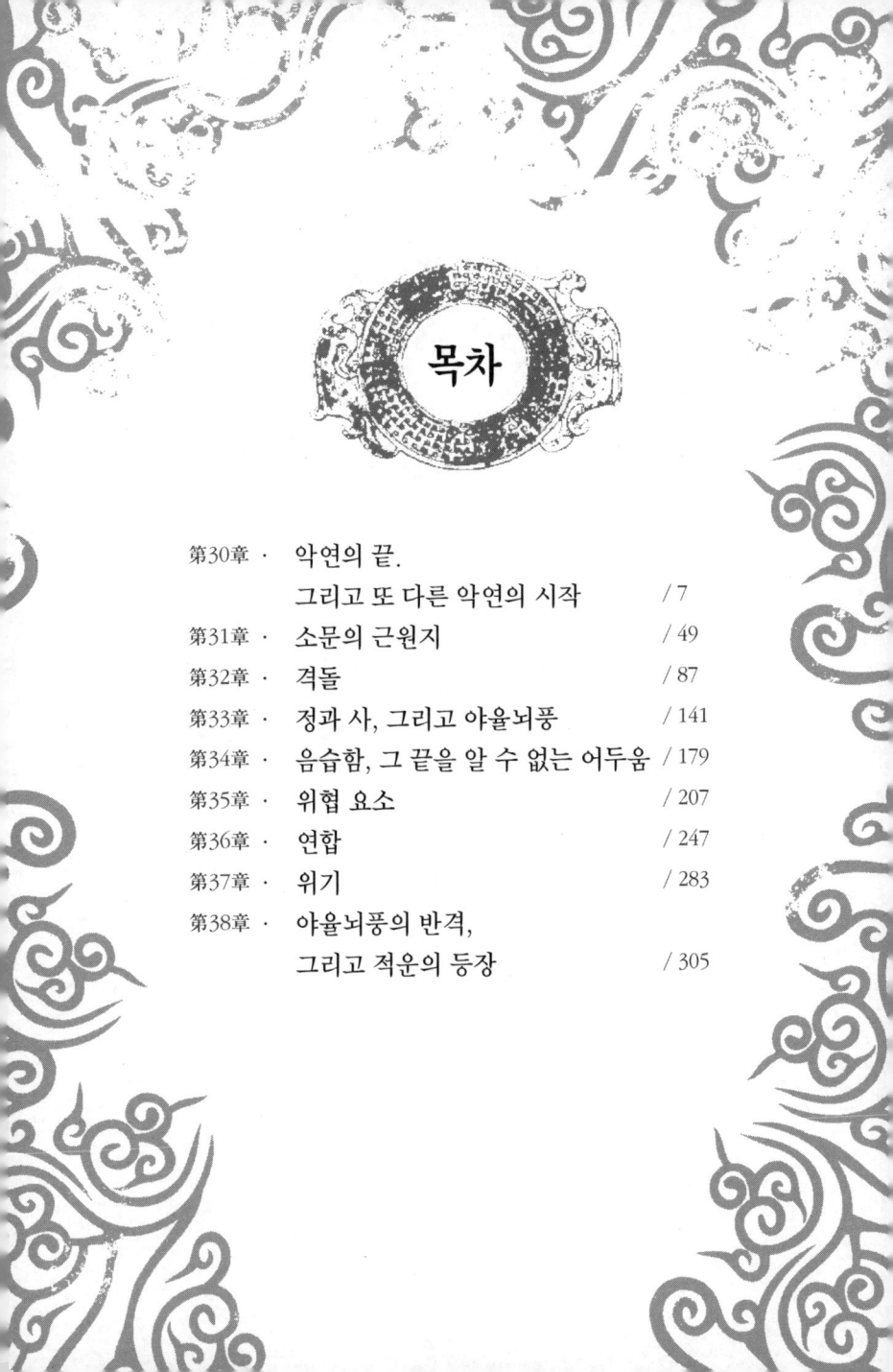

목차

第三十章

악연의 끝,
그리고 또 다른 악연의 시작

龍
劍風

시퍼런 검날이 허공을 가르며 적연에게 달려들고 있었다.

적연은 차분히 뒤로 한 걸음 물러섰다. 거리를 조금만 잘못 재는 날에는 검날이 몸통을 반으로 잘라내고 지나갈 것이다.

후웅!

다행히 검은 허공을 갈랐다. 적연이 노린 것은 바로 이 순간이었다. 위기 뒤에 기회란 말이 있듯이 말이다.

스륵!

적연이 몸을 틀며 앞으로 일보 내디뎠다. 그와 동시에 허리 뒤로 당겨져 있던 검이 퉁기듯 뻗어 나왔다.

"……!"

일월이 재빨리 공격 범위에서 물러섬도 잠시, 다시금 무표정한 얼굴로 달려들었다.

피잇!

살기가 실린 검끝이 회전하며 찔러 들어왔다.

"홍!"

적연은 가볍게 손바닥을 들어 막을 뿐이었다.

"……!"

검이 적연의 손바닥을 뚫고 나가 양미간 사이를 파고들었다고 생각했다. 물론 그것은 일월만의 착각일 뿐이다.

"…음!"

마치 무언가에 막힌 듯 검이 더 이상 뻗어나가질 않았다. 일월은 검에 회전을 더욱 세차게 먹였다.

가가각!

듣기에도 둔탁한 소리와 함께 은빛의 알갱이가 사방으로 흩날렸다. 조금씩이지만 거리가 좁혀드는 것도 같다.

하지만 무언가 이상하다. 피가 튀질 않는다.

왜일까.

일월은 곧 깨달을 수 있었다. 회전하는 검끝이 손바닥에 막혀 갈려 나가고 있었다.

은빛 알갱이는 갈려 나간 검의 입자였다.

검이 뚫지 못한다는 것은 간단한 이치다. 적연의 손바닥이 검의 날카로움을 막고도 남을 만큼 단단하다는 뜻이다.

하지만 어떻게?

피와 살로 이루어진 피부를 검이 뚫지 못한다는 것은 무언가 이상했다.

"흥!"

적연이 콧방귀를 뀌며 팔을 앞으로 밀었다. 그와 함께 일월의 검이 곡선을 그리며 휘었다.

따다당!

극한까지 휘었던 검날이 더는 버티지 못하고 부러졌다. 장애물이 없어진 적연의 손바닥이 앞으로 쭉 뻗어 나온 것은 그와 동시였다.

퍼억! 하는 소리와 함께 적연의 손바닥이 일월의 가슴을 파고들었다.

고통은 없었다. 하지만 단지 그뿐이다.

몸에 받은 타격을 어찌할 수 없으니까.

콰당탕!

일장을 얻어맞은 일월이 삼 장이나 뒤로 쭉 밀려나다가 나뒹굴었다.

적연은 물끄러미 자신의 손바닥으로 시선을 주었다.

"괜찮군."

담담한 어조. 적연이 몸을 일으키는 일월을 바라보며 입을 열었다.

"하지만 너는 조금도 강해지지 못했군. 그때와 똑같아."

스윽.

적연의 말이 끝났을 때 몸을 추스른 일월이 주먹을 말아 쥐었다.

퍼억!

둔탁한 타격음과 함께 적연의 몸이 뒤로 쭉 밀렸다. 득달같이 달려든 일월이 주먹을 꽂아 넣은 탓이었다.

"……!"

적연의 눈이 크게 치켜떠졌다. 팔이 욱씬거리고 있었다. 타격을 받은 것이다. 몸 전체를 둘러싼 반탄지기를 뚫고.

"역시 그렇군."

"……?"

"네 반탄지기는 반쪽짜리다."

움찔.

적연의 짙은 눈썹이 떨렸다. 일월은 무심한 표정으로 말을 끝맺었다.

"역시 광명우사님의 말씀이 맞았다."

'빌어먹을.'

일월의 말을 듣는 순간 모든 사실이 명확해졌다. 일월은, 아니, 정확히 말하자면 광명우사는 적연의 반탄지기가 내공이 실린 공격에만 반응하는 반쪽짜리임을 파악했다.

엄청난 수준에 이른 무인이다. 단 한 번의 마주침으로 적연의 현 상태를 명확히 파악했다.

"싸움 중에 딴생각이라니."

"흡!"

파바방!

한 번의 걸음으로 이 장의 거리를 순식간에 좁혀온 일월이 세 번의 공격을 날렸다. 적연은 양손으로 공격해 들어오는 공격을 쳐내며 발을 뻗었다.

일월이 재빨리 양팔을 겹쳤다.

콰직!

일월의 몸이 뒤로 튕겨져 나갔다. 막기는 했지만 충격은 몸으로 전해져 왔기 때문이다. 하지만 이것으로 끝이 아니었다.

으적! 하는 소리와 함께 일월의 몸이 들썩였다. 품으로 파고든 적연의 주먹이 일월의 왼쪽 옆구리를 파고든 탓이다.

섬뜩한 소리와 함께 일월의 몸이 비틀렸다. 단 한 번의 주먹질에 갈비뼈가 부서졌다.

"하악!"

고통스런 비명 소리.

비록 고통이라는 생소한 감각은 느껴지지 않았지만 몸은 정직하다. 호흡을 수월히 할 수가 없었다. 공교롭게도 부러진 갈비뼈가 폐를 찌른 탓이다.

호흡을 하지 않고 사는 사람은 없는 법. 그것은 일월에게도 해당되는 것이었다.

하지만 일월의 장점이 바로 이곳에서 드러났다. 어떻게 하지? 따위의 조바심은 없었다. 허리춤에 달린 단도를 꺼내 옆구리 부위에 박아 넣고 살을 쨌다.

찌익! 후두둑!

피가 쏟아져 바지의 허벅지 부위를 적셨다. 그것으로도 모자라 바닥에 질퍽하게 흘러내렸다.

일월의 눈에는 아무런 감정의 흐름이 보이질 않았고, 손은 신속하게 움직였다.

옆구리 안으로 손가락을 집어넣고 잠시 헤집다가 부러진 갈비뼈 조각을 뽑아냈다. 폐를 찌른 조각이었다.

"허어억!"

일월이 긴 한숨을 토해내더니 목 위까지 차오른 피를 꿀꺽 삼키고는 뼛조각을 땅으로 던졌다.

툭!

피에 붉게 젖어든 뼛조각이 바닥에 떨어지며 질퍽한 피가 그 주위로 흩뿌려졌다. 호흡은 정상으로 돌아왔고, 남은 것은 출혈을 막는 것이다. 일월의 입장에서는 의외로 간단하다.

화아악!

손바닥이 붉게 물들었다. 일월은 지체없이 쨌던 부위를 손으로 감쌌다.

치이익!

적연의 눈살이 찌푸려졌다. 일월이 행한 방법은 삼매진화를 일으켜 상처 부위를 지지는 것이었다. 살이 익는 역한 냄새가 코를 찔렀다.

손을 떼자 흉측하게 일그러진 살이 모습을 드러냈다. 적연이 얼굴을 굳혔다.

지독하고 끈질기다.

"이만 끝맺자."

더 이상 보고 싶지 않았다. 인간이되 인간이 아닌 존재. 고통과 감정을 느끼지 못하는 자는 이미 그 자체로서 살아 숨쉬는 것이라 할 수 없다.

파방!

일월이 달려들며 일장을 뻗었다. 순간 적연이 절묘하게 몸을 틀어 피하고는 손을 뻗어 일월의 어깨뼈를 잡아 비틀었다.

와각! 하는 소리와 함께 일월의 팔이 아래로 축 늘어졌다. 어깨가 탈구되어 빠진 것이다. 큰 피해를 입었음에도 일월의 공격은 멈추지 않았다. 그대로 오른 다리를 쭉 뻗어 적연의 복부에 찔러 넣었다. 하지만 발바닥에 복부의 감촉이 느껴지지 않았다.

'맞지 않았다.'

일월의 공격은 한 치의 오차도 없이 완벽하게 격중된 것처럼 보였다. 그때 적연의 입가에 한가닥 미소가 깃들었다.

"…잡았다."

적연이 일월의 발목을 움켜쥐고 있었다. 그는 주먹으로 일월의 무릎뼈를 내리찍었다.

와작!

섬뜩한 뼈 부러지는 소리와 함께 다리가 접혔다. 하지만 일월은 개의치 않고 몸을 날려 제압당하지 않은 왼쪽 다리로 적연의 뒷머리를 후려쳤다.

적연이 재빨리 고개를 앞으로 숙이며 피해낸 뒤 양손을 뻗어 일월의 목을 움켜쥐었다.

턱!

적연은 곧장 움켜쥔 목을 아래로 내리누르며 무릎을 차올렸다.

쾅! 하는 소리와 함께 일월의 얼굴이 들썩였고, 목을 감싸쥔 적연의 손에도 그 요동이 느껴졌다.

쾅! 쾅! 쾅!

적연은 미친 듯이 무릎을 차올리며 일월의 얼굴을 가격했다. 그 순간 뻗은 양팔 사이로 일월의 주먹이 솟구쳤다.

피잉!

"웃!"

다행히 맞지는 않았다. 일월의 주먹은 적연의 콧가를 스치고 지나 앞으로 쏠린 앞머리를 흐트러뜨렸을 뿐이다.

뿌드득!

적연이 이빨을 갈며 재차 무릎을 차올렸다.

"크윽!"

순간 적연의 입가에서 가는 신음성이 흘러나왔다. 일월이 중지권으로 적연의 무릎뼈 바로 위에서 바깥쪽에 위치한 양구혈을 찍어버렸기 때문이다.

칼로 후벼 파는 듯한 통증에 반사적으로 목을 감싸 쥐고 있던 손아귀에 힘이 풀렸다.

파밧!

일월은 그 틈을 놓치지 않고 몸을 빼내며 뒤로 물러섰다.

턱! 턱!

한쪽 다리가 부러진 일월은 외다리로 껑충껑충 뛰며 중심을 잡았다. 적연은 고통 어린 표정으로 일월을 노려보았다.

"넌 지금 살아 있나?"

"살아 있다."

적연은 고개를 내저었다.

"숨을 쉰다고 살아 있는 것은 아니다."

일월은 무심한 표정이다. 쓸쓸한 웃음이 적연의 얼굴에 번져 갔다.

"너에게 이런 물음은 무의미한 것이겠지."

감정이 메말라 버린 그는 적연의 의도를 알 수 있을 리가 없으리라.

"그렇기에 넌 나를 이길 수 없다."

적연의 몸이 가볍게 흔들리더니 순식간에 일월의 눈앞에 나타났다. 그와 동시에 일장이 일월의 흉골에 박혔다.

터엉!

그리 크지 않은, 어찌 보면 경쾌한 타격음.

순간 일월의 가슴 부위가 손바닥 모양으로 파여져 들어갔
다. 심장을 감싸고 있던 흉골이 안쪽으로 밀려 부러지며 심장
을 찔렀고, 척추뼈가 돌출되었다.

부웅!

일월의 몸이 순식간에 뒤로 오 장이나 날아가 바닥에 널브
러졌다.

"커억! 커억!"

일월이 거친 호흡을 내뱉었으며 대 자로 누워 있었다.

저벅. 저벅.

적연은 천천히 다가와 일월을 내려다보았다.

"쿨럭! 웨엑!"

거북스러운 기침과 함께 검붉은 피가 입에서 솟구쳐 얼굴
을 적셨다. 적연은 차가운 눈매로 입을 열었다.

"상처가 깊다."

"…죽겠… 군."

통증을 느낄 수는 없지만 본능적으로 치명상을 입었음을
알 수 있었다. 또한 살 가망성이 없음도.

적연은 쓴 미소를 지으며 입을 열었다.

"애초부터 승부는 정해져 있었다."

"쿨럭! 쿨럭!"

대답은 없었다. 계속해서 기침과 함께 피를 뿜어낼 뿐이었다.

"또한 네가 그때와 비교해 왜 조금도 강해지지 않았는지 아는가?"

분명 그때의 일월은 적연과 막상막하였다. 하지만 지금의 상황은 저번과는 정반대되는 것이었다. 단 한 번도 제대로 된 공격을 성공시키지 못했다.

적연은 씁쓸한 표정으로 입을 열었다.

"…네가 통증과 감정을 느낄 수 없기 때문이야."

"쿨럭! 쿨럭!"

"맞아봐야 피하게 되고, 분한 감정을 느껴야 이기고자 한다. 하지만 넌 통증을 모르고, 감정 역시 느낄 수 없지."

결국에는 일월의 특수한 신체가 독이 되어 돌아온 것이다.

일월은 눈을 내리깔았다.

"그렇군. 그런 것이었군."

"……!"

순간 적연의 눈이 크게 떠졌다. 아주 미세하지만 그의 어조에서 굴곡을 느꼈다.

그것은 바로 씁쓸함이란 감정이었다.

일월은 눈을 부릅뜨려 애쓰고 있었다. 왠지 눈꺼풀이 점점 무거워지고 있었다. 조금씩 졸음도 몰려온다.

"결국 반쪽짜리는 네… 반탄지기가… 아닌… 나… 자신 …

이… 었… 나?"

말이 끝남과 동시에 눈이 완전히 감겼다. 눈꺼풀 안으로 비치던 빛의 갈무리가 조금씩 어두워진다. 그리고 이내 완전히 암흑으로 바뀌었다.

"……."

적연은 입을 꼭 다문 채 일월을 내려다보고 있었다. 굳게 감긴 눈과 축 늘어진 손. 그리고 멈춰 버린 호흡.

일월은 잠에 빠져들었다.

아주 깊은… 그리고 더 이상 깨어날 수 없는 잠에.

"후우."

그렇게 얼마나 일월을 보고 있었을까. 문득 적연이 긴 호흡을 내쉬었다.

"소가주님."

등 뒤에서 들린 목소리에 적연이 고개를 돌렸다. 율무극이 걱정스러운 표정으로 서 있었다.

"괜찮으십니까?"

적연은 고개를 끄덕였다.

"아아… 괜찮아."

율무극은 조용히 일월의 시신을 바라보았다. 적연은 고개를 들며 차분한 어조로 입을 열었다.

"이만 가지."

"저대로 방치해 두실 겁니까?"

율무극의 물음에 적연이 고개를 돌렸다. 그의 시선이 향한 곳은 대로 저편이었다.

"뭡니까?"

"누군가 이쪽으로 다가오고 있어."

"예?"

"보인다."

과연 대로 저 멀리서 희뿌연 먼지가 일렁였다. 그리고 먼지의 중앙에 한 사람이 빠른 속도로 접근해 왔다.

사내는 적연을 발견하고는 걸음을 멈추더니 안타까운 표정을 지었다.

"이런… 늦었군."

안타까운 탄성을 터뜨리는 사내. 적연은 정체불명의 사내를 예리한 눈매로 살폈다.

오뚝 선 콧날에 갸름한 턱, 그리고 뚜렷한 이목구비가 황산의 낭인촌에서 본 한산과 비교해도 빠지지 않을 정도의 미남이다.

"넌 뭐냐?"

사내가 적연에게 손을 내저으며 입을 열었다.

"싸우러 온 게 아니오."

"그렇다면?"

"본래대로라면 저자를 구출해야 했지만 늦어버렸군."

"지원군이다… 이 소리군."

"그런 셈이지."

사내는 가볍게 어깨를 으쓱였다.

꿈틀.

적연의 눈썹이 일렁였다. 그렇다는 이야기는 본래는 자신과 싸워야 하는 상대란 말이 아닌가.

순간 사내가 어깨를 으쓱이며 손을 내저었다.

"그러지 마시오. 어차피 이제는 싸울 이유가 없지 않소?"

적연의 눈이 크게 치켜떠졌다. 분명 생각을 하고 있었건만 어찌 알았을까. 마치 적연의 마음을 읽은 듯.

"읽어?"

적연의 중얼거림에 사내가 피식 웃었다.

"뭐, 마음대로 생각하시오."

이번에도 마찬가지였다. 단지 읽어? 란 단편적인 단어를 내뱉었을 뿐인데.

뚜벅뚜벅.

어느새 사내는 일월을 들쳐 업고 있었다. 그는 적연에게 등을 보이고 있는 상태였다.

'틈.'

스윽.

적연의 손이 검자루 쪽으로 움직이려던 찰나였다.

"그러지 마시오."

멈칫.

적연이 그 자리에 석상처럼 굳었다. 등을 보여 적연의 움직임을 전혀 알 수가 없었다.

마치 뒤통수에도 눈이 달린 것 같지 않은가.

사내는 뒤도 돌아보지 않은 채 입을 열었다.

"지금은 피차간에 귀찮은 일을 피합시다. 이후부터는 질리도록 싸울 테니."

스윽.

적연이 팔을 아래로 내려뜨렸다. 사내는 고개를 돌려 적연을 바라보더니 씨익 웃어 보였다.

"나중에 봅시다."

일월의 시신을 들쳐 업은 사내가 막 걸음을 옮기려던 찰나였다.

"잠깐."

"내 이름 말이오? 내 이름은 야율뇌풍이오."

퉁!

사내가 땅을 박차고 몸을 날렸다. 그리고 적연은 멍한 표정으로 멀어져 가는 사내의 뒷모습을 바라보고 있었다.

적연은 사내의 이름을 물어보려 했었으나 이번에도 역시 자신의 마음을 읽은 듯 그가 한발 앞서 대답했다.

기분이 더러워졌다.

농락당한 듯한 기분이다.

"야율뇌풍……."

적연의 눈가에 진득한 살기가 흘렀다.

* * *

"회주께서는 좀 어떠신가?"

"그리 좋으신 상태는 아닙니다."

총관의 대답에 궁귀 조형의 얼굴에 근심 어린 표정이 번졌다.

"그런가……?"

"아무래도 정신적인 충격이 크신 탓이겠지요."

"크흠."

조형은 침음성을 삼켰다. 그럴 만도 했다. 그간 키워놓았던 세력이 일순간 사라져 버렸기 때문이다.

"하지만 언제까지고 저런 상태로 계실 수는 없어."

착잡한 마음을 다잡으며 조형이 몸을 일으켰다. 회주의 상태를 한번 봐야 할 것 같았기 때문이다.

회주의 처소 앞에 선 조형은 가볍게 한숨을 내쉰 후 방문을 두들겼다.

똑똑.

"누군가?"

"조 장로입니다."

"들어오십시오."

끼익.

문을 열고 들어가자 침상에 단정히 앉아 있는 회주의 모습이 보였다.

'쯧.'

조형은 내심 혀를 끌 찼다. 창백한 얼굴에 핏기가 없는 모습이다. 한눈에 봐도 병약하기 그지없었다.

"몸은 좀 어떠십니까?"

"많이 좋아졌습니다."

"그렇습니까?"

억지로 미소를 지어 보였지만 회주가 눈치 못 챌 리가 없었다.

"그런 표정 짓지 마세요."

"죄송합니다."

회주는 씁쓸한 표정으로 자신의 가슴가를 짓눌렀다.

"몸이 안 좋다고는 하지만 질병 탓이 아님을 알고 있습니다."

"…적연 때문입니까?"

번뜩.

조형의 입에서 적연의 이름이 언급되는 순간 회주의 안광이 번뜩였다. 방금 전까지 힘없이 축 늘어졌던 이라고 볼 수 없을 정도의 기세다.

회주가 적연을 향해 품고 있는 증오심은 상상을 초월하는 것이었다. 그는 적연 때문에 일이 이 지경까지 되었다고 굳게 믿고 있었다.

"놈을 찢어 죽이지 못하면 나도 결코 일어설 수 없습니다."

조형은 안타까웠다. 적연에게 집착하는 회주의 상태는 정상이 아니었다.

"…하지만 그로 인해 저희들이 살아난 것이기도 합니다."

애써 마음을 돌려보려 했지만 회주의 얼굴은 차갑기만 했다. 증오심이 마음을 지배하고 있었기 때문이다.

"나는 이미 결정을 내렸습니다. 적연을 치기로 말이죠."

조형의 표정이 딱딱하게 굳어졌다.

"선택하세요. 저를 도와주시겠습니까, 아니면……."

말끝을 흐린 회주의 눈은 차가움을 유지하고 있었다.

회주는 이미 결심을 굳힌 상태고 조형에게 선택권은 없었다. 선택하라 말한 것은 그저 물어본 것에 지나지 않음을 알고 있다.

어떻게 할 것인가.

'적연…….'

결국 적이다. 또한 언젠가는 이 고리를 끊어야 함도 알고 있었다. 하지만 이런 전개는 조형이 원한 바가 아니었다.

"어쩌시겠습니까?"

회주는 거듭해서 의중을 물어오고 있었다. 조형의 눈이 살며시 감겼다. 어쩔 수가 없다.

"적연을 치겠습니다."

"아!"

원하는 대답을 들어서일까. 회주가 기쁨에 겨운 탄성을 터뜨렸다. 사실 따지고 보면 적연과 맞상대할 수 있는 이는 조형밖에 없었기 때문이다.

"단."

"……?"

회주는 고개를 갸웃거리며 조형을 응시하고 있었다. 감겨 있던 조형의 눈이 살며시 떠졌다.

"저에게 모든 것을 맡겨주십시오."

"그……."

못 미더워하는 눈치다. 하기는 그럴 수밖에 없으리라. 회주는 조형과 적연 간에 쌓인 관계를 모르지 않았으니까.

조형은 나지막한 어조로 입을 열었다.

"처음 회주님을 뵈었을 때 제가 한 가지 약속을 드렸습니다. 절대 기대를 배신하지 않겠노라고."

일종의 선언이었다.

"장로님만 믿겠습니다."

즐거워하는 회주의 모습을 바라보며 조형은 내심 한숨을 내쉬었다.

*   *   *

"일은 잘 진행되어 가고 있나?"

상관책의 물음에 무림맹의 군사이자 제갈세가의 가주인 제갈천이 입을 열었다.

"조련을 시작했습니다."

"그래야지."

만족스러운 대답을 들어서일까. 상관책의 입가에 만족스러운 미소가 걸렸다. 그것은 최근에 각지에서 모집한 이만에 이르는 신병들을 일컫는 말이었다.

"심혈을 기울이게. 장차 있을 정사대전에서 요긴하게 쓰일 것일세."

무림을 양분하는 정파와 사파는 한 하늘을 이고는 살 수 없다. 언젠가는 맞붙어야 한다. 그리고 점차 그 시기가 다가오고 있다. 중요한 것은 철저한 준비였고, 정확한 시기에 대한 예측이다.

"자네가 보기에는 대략 시기가 언제라고 생각되는가?"

"대략 오 년 전후라고 봅니다."

"오 년이라……."

상관책은 고개를 끄덕였다. 그간 들어온 정보로 보건대 배화교도 정사대전에 대한 준비를 시작했다.

그 징조는 자신의 환갑연에서도 드러났다. 이례적인 배화교의 축하사절단이 그것이다.

정확히 말하자면 광명우사의 참석이지만.

의도가 없을 리 없다. 자신들이 가진 최강의 무력을 내보여 심리전을 펼친 것이다.

'얄팍한 수를… 쯧.'

상관책이 턱가를 매만질 무렵이었다.

"적풍대주가 돌아왔습니다."

밖에서 들려온 외침에 상관책이 제갈천에게 시선을 주었다.

"뒷이야기는 차후에 하세."

"예."

제갈천이 예를 취한 뒤 나갔고, 적연이 들어왔다.

"적풍대주가 맹주님을 뵙습니다."

"오, 그래. 수고했네."

상관책은 빙그레 미소를 지으며 말을 이었다.

"그래, 소림사에서의 일을 잘 처리했더군."

넉살맞은 상관책의 대답에 적연의 눈썹이 살며시 찌푸려졌다. 물론 고개를 숙이고 있었기에 보이지는 않았으리라.

'빌어먹을 노인네.'

그들에게 자신의 약점을 흘린 것이 상관책임을 뻔히 알고 있었다.

"자네라면 잘해낼 줄 믿고 있었네."

저렇듯 천진난만하게 말하고는 있지만 뱃속에는 능구렁이

가 들어 있다. 사람을 자유로이 쥐락펴락하며 농간하고 있는 것을 적연이 모를 리가 없었다.

'아니, 어쩌면 내가 무슨 생각을 하는지 모두 알고 있는지도.'

아마 확실히 그럴 것이다.

저 정도 되는 연륜의 상관책이 적연의 속내를 왜 파악하지 못하겠는가. 쉽사리 내뱉는 말에도 치밀한 계산이 깔려 있을 것이다.

그래서는 곤란하다.

"이만 돌아가 보겠습니다."

"그러게. 오늘은 푹 쉬라고."

"예."

적연은 예를 취하고는 밖으로 나왔다.

문밖에는 율무극이 적연을 기다리고 있는 중이었다.

"벌써 끝나셨습니까?"

"그래."

적연은 고개를 끄덕이며 발걸음을 옮겼다. 율무극이 그의 뒤를 따라붙으며 말문을 열었다.

"아무래도 심상치 않습니다."

상관책을 두고 한 말이었다. 율무극 역시 상관책에 대해 강한 경계심을 풀지 않고 있었다.

"역시 한곳의 수장은 아무나 되는 것이 아니야."

적연의 말에 율무극은 고개를 끄덕였다.

"예."

그렇게 얼마나 걸음을 옮겼을까.

"형님, 오셨어요?"

저 멀리 삽을 들고 있는 미친개의 모습이 보였다. 어느새 적풍대가 머무는 처소로 돌아온 것이다.

"웬 삽이냐?"

미친개는 씨익 웃었다.

"화단에 퇴비를 좀 주려고요."

이제 미친개는 시종이 아니다. 엄연한 적풍대의 일원이다.

빗질 따위는 새로 배치된 시종이나 시녀에게 맡기면 되건만.

"왠지 삽질을 해야만 할 것 같아서요. 시종 일을 너무 오래했나 봐요."

미친개는 머쓱한 미소를 지으며 머리를 긁적였다. 적연은 고개를 절레절레 저으며 안으로 들어서다가 다시금 걸음을 멈췄다.

"얼씨구?"

화단에 쭈그리고 앉아 잡초를 뜯고 있는 지여선의 모습도 보인다.

"어머, 돌아오셨어요?"

"뭐 하나?"

"잡초 뜯고 있었어요."

흙 묻은 손으로 이마에 솟은 땀을 닦아내는 모습을 보며 적연은 고개를 내저었다.

＊　　　＊　　　＊

"으음……."

광명우사는 혼란스러운 눈빛으로 가지런히 눕혀져 있는 일월의 시신을 내려다보았다.

파르르.

손이 떨렸다.

주름진 손끝이 창백한 일월의 볼에 닿았다.

흠칫!

광명우사가 발악적으로 볼에 닿았던 손을 떼며 뒤로 물러섰다.

일월의 피부가 너무도.

"차갑다."

광명우사의 얼굴이 일그러졌다.

야율뇌풍은 고개를 내저으며 흰 천으로 일월의 얼굴을 덮으며 광명우사를 바라보았다.

"괜찮으십니까?"

"괘, 괜찮네."

광명우사는 더듬거리며 간신히 대답했다. 큰 충격을 받은 얼굴이었다. 야율뇌풍은 긴 한숨을 내쉬었다.

"한발 늦었습니다. 도착했을 때는 이미 숨을 거둔 직후였습니다."

광명우사는 천으로 덮인 일월의 시신을 물끄러미 바라보며 중얼거렸다.

"…고통스러웠을까?"

"보통이라면 그랬겠지요. 하지만……."

일월은 고통을 느끼지 못한다. 당연히 아무런 통증도 느끼지 못했을 것이다. 하지만 그들은 모르고 있었다. 일월이 죽기 직전 약간이지만 감정이란 것을 느꼈음을.

"어쩌면 그게 더욱 다행일는지도 모르지요."

"과연 그런 것일까?"

광명우사의 표정은 침울했다.

반대로 가장 서글픈 최후가 아니었을까.

"내 잘못이다."

적연의 성장 속도를 과소평가했다. 사실 적연의 적룡반탄공이 반쪽임도 확실치가 않았다. 단지 유추해 보았을 따름이다.

후자는 광명우사의 예상이 맞았지만 전자는 틀렸다. 그때와 지금의 적연은 하늘과 땅 차이였다.

야율뇌풍은 적연이 상처 하나 입지 않은 말끔한 모습이라 말했다. 그 소리는 압도적으로 일월이 당했다는 이야기다.

"크윽……."

광명우사가 침음성을 삼키자 야율뇌풍이 차분히 입을 열었다.

"너무 상심하지 마십시오."

"…용케도 시신을 수습해 왔군."

"예."

"적연과 마주쳤나?"

"예."

"어땠나?"

"강합니다."

잠시 말끝을 흐린 야율뇌풍이 살짝 미소를 지었다.

"하지만 지지 않을 자신은 있습니다."

광명우사는 묵묵히 고개를 끄덕였다.

"그래야지."

"교주님께서 납시십니다."

때마침 저 멀리서 커다란 소리가 들려왔고, 광명우사와 야율뇌풍은 재빨리 옷매무새를 추스른 뒤 백무혁을 맞이했다.

"교주님을 뵙습니다."

"그래."

백무혁은 가볍게 고개를 끄덕인 뒤 시선을 돌렸다. 일월의 시신 쪽이었다.

노안에 주름이 짙어졌다.

"당했군."

"예."

"장례라도 조촐히 치러주게."

"명을 받들겠습니다."

광명우사가 포권지례를 취하자 백무혁은 혀를 끌끌 찼다.

"상심이 크겠군."

"……."

"자네의 유일한 제자였지 않나."

광명우사는 고개를 푹 떨궜다.

사실 일월은 광명우사의 제자였다. 그만큼 일월을 생각하는 광명우사의 마음은 남다를 수밖에 없었다.

사부는 배화교의 최고수인 광명우사.

하지만 불행하게도 일월의 무학적인 재능은 그리 높지 않았다. 범인에 비하자면야 뛰어났지만 초절정에 이르는 고수가 될 수는 없는 운명이었다.

너무 엄청난 사부와 범재인 제자. 일월은 그 압박감을 이겨내지 못했다. 결국 선택한 것은 통증신경을 제거하는 시술이었다.

사부에게 누가 되지 않기 위해 결심한 치기 어린 선택.

'이렇듯 비참한 최후는 맞지 않았을 터인데.'

광명우사는 주먹으로 가슴팍을 탁탁 때렸다. 결국 일월을 이렇게까지 내몬 것이 자신이라는 생각이 솟았기 때문이다.

"그만!"

백무혁이 얼른 광명우사의 손목을 잡아챘다.

"이러지 말게. 자네가 이러면 저승에 간 일월이 얼마나 마음 아파하겠나?"

"…예."

광명우사의 어조는 침울했다. 하지만 그것도 잠시, 눈가에서 진득한 살기가 흘러나오기 시작했다.

적연에 대한 복수심이었다.

"후우."

백무혁은 긴 한숨을 내쉬며 고개를 내젓다가 옆에 서 있는 야율뇌풍에게 시선을 주었다.

"자네가 일월의 시신을 수습해 온 건가?"

"그렇습니다."

"처음 보는 얼굴이군."

"입교한 지 얼마 되지 않았습니다."

차분하게 대답하는 야율뇌풍을 바라보던 백무혁이 낮은 감탄성을 흘렸다.

언뜻 보기에도 정갈한 기세다.

드러낸 것이 아닌 속으로 갈무리할 수 있을 정도의 경지에 이르렀다. 더욱이 아무리 많이 잡아도 이십대 중반에 이른 젊은이가 아닌가.

어느덧 마음을 가라앉힌 광명우사가 야율뇌풍을 소개했다.

"야율뇌풍이라 합니다."

"야율뇌풍이라… 언뜻 보기에도 범상치 않아 보이는군."

광명우사는 침울한 눈빛으로 일월의 시신을 바라보았다.

"앞으로 녀석의 자리를 대신하게 될 겁니다."

"그렇군."

백무혁은 고개를 끄덕였다. 광명우사는 야율뇌풍에게 시선을 주었다.

"남다른 능력을 타고난 젊은이인지라 여러모로 도움이 될 것입니다."

"남다른 능력?"

호기심 어린 백무혁의 표정을 읽은 야율뇌풍이 예를 취하며 공손히 입을 열었다.

"사람의 생각을 읽습니다."

"사람의 생각을 읽는 자?"

"그렇습니다."

"으음……!"

순간 백무혁이 침음성을 삼켰고 얼굴은 돌처럼 딱딱하게 굳어졌다. 그런 모습에 야율뇌풍과 광명우사가 의아한 표정을 지었다.

"그렇다는 이야기는 지금 내가 무슨 생각을 하고 있는지 속속들이 알 수 있다는 건가?"

"……!"

광명우사가 난감한 표정으로 아차 했다. 왜 그 생각을 못했을까.

그러나 야율뇌풍은 고개를 내저었다.

"그 점은 걱정하지 않으셔도 됩니다. 통제할 수 있습니다."

백무혁의 표정은 풀어지지 않았다.

얄팍한 변명이다. 통제할 수 있다는 이야기는 마음만 먹으면 들여다볼 수 있다는 이야기이기도 했다.

눈치 빠른 광명우사가 재빨리 야율뇌풍에게 눈짓을 주었다. 어서 물러가라는 의미였다.

"이만 물러가 보겠습니다."

야율뇌풍은 재빨리 예를 취하고는 뒤로 물러섰다.

"……."

막 대전문을 나서기 직전 야율뇌풍은 가지런히 누워 있는 일월의 시신을 힐끗 바라보았다.

탁!

문이 닫히자 광명우사가 황급히 사죄의 뜻을 표했다.

"죄송합니다. 제가 생각이 짧았습니다."

백무혁은 한숨을 내쉬었다.

"자네를 탓하려는 것이 아닐세. 자네가 보고 들여온 젊은이니 믿을 만하겠지. 하지만 위험 요소가 있음도 잊지 말게나."

"명심하겠습니다."

백무혁의 말은 틀리지 않았다. 혹시라도 나쁜 마음을 먹게 된다면 그가 가져올 파장은.

꿀꺽.

상상만으로 끔찍했다. 그만큼 다른 이의 생각을 읽을 수 있다는 것은 무서운 것이다.

"그건 그렇고……."

이번에 백무혁이 시선을 준 이는 약선이었다.

"예."

"활강시는 아직인가?"

"아……."

약선의 얼굴에 난감한 빛이 떠올랐다.

"본래대로라면 한참 전에 깨어났어야 하지 않나?"

"그, 그러게 말입니다."

광명우사가 마음을 가다듬고는 차분히 입을 열었다.

"첫 시도입니다. 무언가 착오가 있어도 이상하지 않습니다."

고개를 떨군 약선의 눈이 꿈틀거렸다. 꽉 다문 입술에는 고집스러움이 묻어났다.

'내 시술에는 아무런 문제가 없었단 말이야!'

하지만 할 말이 없었다. 아무리 문제가 없었다 말하고 싶겠지만 결과가 이렇지 않은가.

백무혁은 혀를 끌끌 차며 힘없는 어조로 중얼거렸다.

"결국 돈만 날린 셈이군."

이번 활강시 시술에 들어간 돈은 그야말로 엄청났다. 시약 값과 부대 비용으로만도 십오만 냥은 투입된 대작업이었다.

아깝기는 하지만 어쩔 수가 없었다.

"죄송합니다."

약선은 고개를 푹 떨군 채 죄송하다는 말만 반복할 수밖에 없었다.

탁탁탁!

"큰일 났습니다!"

흰색 의복을 입은 사내 한 명이 고함을 치며 안으로 뛰어들어 온 것은 그때였다.

광명우사의 표정이 험상궂게 변했다.

"네 이놈! 어느 안전이라고 이리도 무례한 것이더냐!"

광명우사의 일갈에 의복사내의 안색이 파리해졌다. 그제야 배화교주인 백무혁을 발견한 탓이었다.

백무혁은 가볍게 손을 내저었다.

"그만 하게. 보아하니 급한 일인 듯 보이는구나."

"그, 그렇습니다!"

"무슨 일이더냐?"

백무혁의 물음에 의복사내가 다급하게 내지르듯 말했다.

"활강시가… 활강시가 사라졌습니다!"

"뭣?"

순간 백무혁과 광명우사, 약선의 눈이 경악으로 물들었다.

그 시각.

파박!

땅을 박차고 하늘로 치솟아오르는 한 명의 사내가 있었다. 그러나 그 사내는 사람이라고 볼 수 없는 형상이었다. 몸 전체는 살색이 아닌 파란 빛깔이었고 눈동자는 샛노랬다.

"크흐흐!"

짙은 붉은색이 아닌 퍼런 입술이 벌어지며 쇠를 긁는 듯한 쉰 웃음이 터져 나왔다.

파방!

땅을 박찬 사내의 몸이 단번에 이십여 장씩 뻗어나갔다.

쾅!

마지막으로 땅을 박찬 사내의 신형이 하늘로 치솟더니 순식간에 점이 되어 사라졌다.

그는 바로 배화교에서 탈출한 활강시, 해월천이었다.

"찾지 못했습니다."

검은색 무복을 입은 무사에게 보고를 받은 백무혁이 침음성을 흘렸다.

"크흠."

벌써 이틀째 탈주한 해월천을 찾기 위해 수색을 펼쳤지만 전혀 소득이 없었다. 더욱이 흔적조차 남기지 않았다.

다만 한 가지, 바위에 찍힌 세 치 깊이의 족적을 제외하고는 말이다.

"활강시라는 게 대단하기는 대단하군."

백무혁의 중얼거림에 광명우사는 골치 아프다는 표정으로 이마를 손으로 덮다가 시선을 돌렸다.

약선과 그의 수하들이 바닥에 이마를 쿵쿵 찧고 있었다.

"죽을죄를 지었습니다."

어쨌든 간에 첫 번째 책임은 약선과 그의 수하들에게 있었다. 해월천을 제대로 살피지 못해 일어난 일이기 때문이다.

백무혁이 혀를 끌끌 찼다.

"이미 일은 벌어졌네."

고개를 바닥에 박고 있던 약선이 한숨을 놓았다. 말하는 투로 보아 질책은 받겠지만 중징계는 내리지는 않을 것 같았다. 약선은 살짝 고개를 돌려 그의 옆에서 이마를 찧고 있는 수하들을 바라보며 이를 으드득 갈았다.

"돌아가서 보자."

수하들에게만 들릴 만큼 조그만 목소리.

"……."

약선의 말에 수하들의 안색이 새하얗게 질렸다.

'엿 됐다.'

'젠장.'

그간 약선의 지랄 맞은 성격을 몸소 체험해 온 수하들이었다. 앞이 막막할 수밖에 없었다.

"하지만 그렇다고 벌을 아니 내릴 수는 없는 일이지."

백무혁의 말에 약선은 시름 어린 한숨을 내쉬었다.

'감봉일까? 아니면 근신?'

되도록이면 근신으로 끝났으면 하는 마음이었다. 내집 마련의 일환으로 빌린 오 년 장기 상환의 이자 내는 날이 이튿날로 다가왔기 때문이다. 하지만 그의 바람과는 달리 감봉이라면.

'이번 달에도 돌려 막아야겠군. 빚만 느는구나.'

이번에는 누구에게 돈을 빌릴까 고심할 때였다. 굳게 닫혀 있던 백무혁의 입이 열렸다.

"약선은 일 년, 그 수하들은 육 개월 동안 봉급을 차압한다."

"……."

약선은 망연자실한 표정을 지었다.

월급쟁이에게는 너무도 가혹한 징계였기 때문이다. 더욱이 감봉이 아닌 차압이라니. 일 년 동안 손가락만 빨고 살라는 이야기였다.

"그리고……."

또 뭐가 있단 말인가. 사색이 된 약선과 수하들을 바라보며 백무혁이 엄중한 어조로 말했다.

"태형 백 대."

'헉!'

충격의 연속이었다. 볼기짝을 백 대나 때리다니.

'내공으로도 좀 무리가 아닐까?'

약선의 잔머리를 알아채기라도 한 것일까. 백무혁이 연이어 제약을 걸어왔다.

"내공 운용 금지."

'마, 말도 안 돼!'

그야말로 죽으란 소리였다. 보통 사람이라도 서른 대만 맞으면 죽는다. 백무혁의 말은 거기서 끝나지 않았다. 그는 옆에 서 있던 팔 척 장신의 거한에게 시선을 주었다. 혈마전의 전주 혈마였다.

혈마전은 배화교의 무력 단체 중 한곳으로 최전방에서 돌격 임무를 맡는다.

한마디로 말하자면 몸빵 부대다.

보라, 혈마의 저 터질 듯한 근육을. 툭 튀어나온 힘줄에 승모근이 너무 발달한 탓에 목이 없는 것 같다.

비유하자면 둥근 동산에 수박 하나가 얹혀져 있는 형상이다.

'서, 설마… 설마……'

약선은 이빨은 떨며 불길한 표정으로 백무혁의 입을 바라보았다. 그리고 그의 입이 열리는 순간 약선의 정신이 반쯤 유체를 떠났다.

"그대가 직접 주관해."

"직접 말입니까?"

백무혁이 고개를 끄덕였다. 혈마가 딴에는 부드러운 미소를 지으며 손뼈를 풀었다.

우두득!

굳은 뼈마디가 풀리는 소리가 섬뜩하게 대전 안을 울렸다.

"오래간만에 힘 좀 쓰겠군. 크흐흐."

병든 닭처럼 끌려 나가는 약선과 그의 수하들을 바라보던 백무혁이 광명우사에게 시선을 주었다.

약선에 대한 징계를 내렸으니 이제는 다음 주제로 넘어가야 했기 때문이다.

"활강시는 도대체 어디로 향했을까?"

광명우사는 볼 것도 없다는 표정으로 입을 열었다.

"아마도 무림맹일 겁니다."

"그렇겠군."

해월천은 해월가 출신. 더욱이 지성이 살아 있는 활강시다 보니 그가 향하는 곳을 예상할 수 있었다.

"아직은 활강시의 존재가 드러나면 곤란하네. 놈은 아직

불완전해."

백무혁의 당부에 광명우사가 앞으로 한 걸음을 나섰다.

"제가 가겠습니다."

상황이 상황이니만큼 백무혁은 고개를 끄덕일 수밖에 없었다. 광명우사 정도의 초고수가 아니고서는 활강시를 막을 수가 없었다.

"만에 하나 막지 못할 수도 있습니다. 그때에는……."

백무혁이 눈을 감으며 입을 열었다.

"대업을 앞당겨야겠지. 이쪽에서도 만반의 채비를 해놓겠네."

"그러자면 맹 쪽을 좀 어수선하게 만들어놓아야 하지 않겠습니까?"

만약 활강시를 막지 못해 피치 못하게 대업을 앞당겨야 한다면 차질이 빚어질 수밖에 없었다. 배화교 쪽이 완벽한 상태가 아닌 만큼, 맹 쪽도 좀 흐트러 놓아 이쪽의 승산을 높일 필요가 있었다.

"흐음… 과연 그렇군."

일리가 있는 말이라 생각했는지 백무혁이 턱가를 매만지며 고개를 끄덕였다.

"아!"

잠시 고심하던 광명우사가 손뼉을 탁 쳤다.

"한 가지 방법이 있습니다."

의아한 표정을 짓는 백무혁을 향해 광명우사가 미소 지으며 입을 열었다. 그리고 얼마나 시간이 지났을까.

광명우사가 말을 끝냈을 무렵 백무혁이 만족스런 미소를 지었다.

"과연 그러하면 되겠군."

"추진해 주십시오."

"걱정 말게."

백무혁이 고개를 끄덕일 무렵이었다.

빡!

"끄억!"

어디선가 들려오는 상쾌한 타격음과 발랄하기 그지없는 비명 소리.

혈마의 주관하에 집행이 시작된 것이다.

백무혁은 턱을 손으로 매만지며 귓가를 쫑긋거렸다.

"소리가 제대로군. 귀에 착착 감겨."

第三十一章

소문의 근원지

龍
劍風

"아악! 좀 살살 발라!"

침상에 엎드리고 엉덩이를 내놓은 약선이 발악적으로 외쳤다.

"죄, 죄송합니다."

태형으로 인해 걸레짝이 된 엉덩이 살에 금창약을 바르던 한 제자가 황급히 사죄했다.

'개자식.'

주위에서 그 모습을 바라보고 있던 제자들은 마음속으로 욕설을 터뜨렸다. 사실 따지고 보면 약선만이 태형을 당한 것이 아니다. 자신들도 흠씬 두들겨 맞았기 때문이다.

"다, 다 되었습니다."

이윽고 금창약을 다 바른 제자가 조심스럽게 말하자 이제 볼일을 다 본 약선이 신경질적으로 손을 내저었다.

"나가!"

"쉬, 쉬십시오."

제자들이 처소를 나서고 약선이 홀로 남았다. 그는 연신 욕설을 터뜨리며 이를 바득바득 갈았다.

아직도 받아들일 수가 없었다.

'내 대법은 완벽했어. 한 치의 실수도 없었단 말이야.'

쓰여져 있는 대로 대법을 시행했고, 일일이 자신이 참여해 들어가기 전 모의 실험을 거쳤다. 잘못될 리가 없다.

그것은 약선이 가진 확신이었다.

"아아, 쓰려."

약선은 얼굴을 일그러뜨리며 주위를 살폈다. 금창약을 발랐지만 너무도 아팠다. 사실 살아난 것도 기적이었다. 태형을 백 대나 맞고서 말이다.

"부채가 어디 있지?"

상처 부위를 부채로 부쳐 주면 조금이라도 나을 것이라 생각한 약선이 손을 더듬거릴 무렵이었다.

끼이익.

갑자기 문이 벌컥 열렸다.

"어떤 자식이야?"

화도 머리끝까지 나던 참에 누군가 허락도 없이 문을 열어젖히자 약선이 버럭 소리를 질렀다. 하지만 그것도 오래가지 않았다.

"어?"

약선은 고개를 갸웃거리며 처소로 걸어 들어오는 사내를 바라보았다. 그는 얼마 전 일월의 시신을 수습해 왔던 야율뇌풍이었다.

"뭐요?"

야율뇌풍은 엉덩이를 훤하게 까논 약선을 바라보며 무뚝뚝한 어조로 입을 열었다.

"볼일이 있으니까."

'어쭈? 어린 놈의 자식이 어따대고 반말이지?'

그렇지 않은가. 약선은 올해로 쉰이다. 그에 반해 야율뇌풍은 아무리 많게 잡아도 이십대에 갓 들어선 새파랗게 젊은 놈이다. 발끈할 수밖에 없었다.

물론 절대 내색하지는 않았다. 그것은 야율뇌풍이 광명우사가 직접 선택해 입교시킨 자였기 때문이다. 그만큼 배화교에서 광명우사의 위치는 대단한 것이었다.

"무, 무슨 일이오?"

"일월의 시신은?"

"에?"

약선을 똑바로 바라보던 야율뇌풍이 고개를 끄덕였다.

"그렇군. 안치소에 있군."

자신이 묻고 자신이 답한다. 이 뜬금없는 상황에 약선은 혼란스러웠다. 야율뇌풍은 빙그레 미소를 짓더니 약선에게 다가서며 눈을 마주쳤다.

스슥!

"……!"

순간 약선의 눈이 크게 치켜떠졌다. 야율뇌풍의 시커먼 눈동자가 갑작스레 적색으로 변했기 때문이다.

"내 눈을 응시하라."

야율뇌풍의 나지막한 어조가 약선의 뇌리를 울렸다. 그와 함께 약선의 눈동자가 탁하게 변했다.

피식.

야율뇌풍은 빙그레 웃으며 약선의 어깨를 한 차례 두들겨 주더니 처소를 나섰다.

그의 발걸음이 향한 곳은 시체들을 보관하는 안치소였다.

달칵.

문을 열고 들어가자 시체 안치소다운 싸늘한 기운이 야율뇌풍의 몸을 감쌌다.

커다란 내부에는 수백 개의 관들이 양옆으로 열을 맞춰 늘어서 있었다.

"……."

야율뇌풍은 아무런 표정의 변화도 없이 걸음을 옮기다 한

곳에 섰다. 고급스러워 보이는 관 앞이었다.

덜컹.

관 뚜껑을 열자 창백하게 식은 일월의 시신이 보였다.

"훗."

시신을 바라보던 야율뇌풍이 빙긋 웃으며 빨간 단약 한 알을 꺼내 들었다.

스스슥.

단약은 일월의 입술에 닿자마자 녹아 스며들어 갔다.

그리고 잠시 후. 야율뇌풍이 고개를 숙여 함몰된 일월의 가슴팍에 귀를 가까이 가져갔다.

두… 근. 두… 근.

싱긋.

야율뇌풍의 입가에 찐득한 미소가 걸렸다. 멈췄던 심장이 다시 뜀박질을 시작했기 때문이다.

*   *   *

"오늘도 안 드셨어요?"

시비가 차게 식은 음식 접시를 들며 침상에 앉아 있는 산발 머리의 해월령에게 걱정스런 표정을 지으며 말했다.

해월령은 무심한 표정을 지은 채 입을 열었다.

"별로 입맛이 없네요."

"에휴."

시비는 질렸다는 표정으로 고개를 설레설레 저으며 방문을 열고 나왔다.

"아!"

"수고하는구나."

문밖에 서 있던 서희가 시비의 손에 들린 식은 음식 접시를 바라보며 눈살을 찌푸렸다.

"오늘도니?"

"…예."

시비가 침울한 기색으로 고개를 떨궜다. 서희는 고개를 저으며 방 안으로 들어왔다.

"며칠째 식사를 거르셨더군요."

"나 좀 내버려 둘래요?"

짜증이 가득 묻어 나오는 어조. 서희는 짐짓 부드러운 미소를 건네며 달래듯 말했다.

"이러시면 건강에 좋지 않아요."

"난 언제까지 여기에 감금되어 있어야 하나요?"

거듭된 단식으로 수척해져서인지 해월령의 눈빛이 더욱 날카로웠다.

"그건 저도 알 수가 없네요."

"훗!"

해월령이 코웃음을 치며 짜증스런 표정을 지었다.

"적연이 시키던가요?"

"……."

"맞군요."

정곡을 찔려서일까. 서희가 말을 잇지 못했다. 해월령은
그럴 줄 알았다는 듯 어깨를 으쓱였다.

"당신은 적연과 무슨 사이죠?"

서희의 눈썹이 흔들렸다.

"알아서 뭐 하게요?"

"적연에게 당신 같은 여자가 있을 줄은 꿈에도 생각하지
못했거든요. 연인인가요?"

"…당신에게 말할 이유가 없어요."

"부정은 안 하네?"

해월령이 신경질적으로 침상에 누우며 이불을 머리끝까지
덮어썼다. 그 모습을 바라보던 서희가 혀를 내두르며 방을 나
섰다.

달칵!

문이 닫히고 서희의 인기척이 사라졌을 무렵, 해월령이 뒤
집어쓰고 있던 이불을 찼다.

하지만 그것도 잠시였다.

꼬르륵.

"아씨, 배고파."

아무리 그래도 배고픈 것은 어쩔 수 없었다. 괜한 똥고집을

부렸다.

해월령은 손을 이리저리 헤집다가 몸을 일으켰다. 발로 차 바닥에 떨어진 이불을 집기 위함이었다.

자신의 처소로 돌아온 서희는 질렸다는 표정으로 고개를 설레설레 내저었다.

"피곤해."

해월령과 만나고 온 날은 이랬다. 하지만 오늘은 더욱 축 처지는 것 같은 느낌이다. 그녀가 적연에 대해 물어왔기 때문 이다.

왠지 짜증이 났다.

서희는 손톱을 깨물었다. 이 감정에 대해 알 수 있었다.

"바보같이 질투라니."

서희는 고개를 세차게 내저었다. 그래서는 안 된다.

똑똑.

"누구?"

"소희예요."

"들어와."

문이 열리자마자 서류 꾸러미가 비틀거리며 들어왔다.

"히잉~ 앞이 안 보여요."

"으이그."

서희가 혀를 끌끌 차며 서류 꾸러미를 건네받아 탁자 위에 올렸다. 그제야 여자 아이가 모습을 드러냈다.

머리를 양 갈래로 땋은 여자 아이, 소희는 누가 보더라도 머리를 쓰다듬어 줄 만큼 귀여운 외모를 가지고 있었다.

거기다가 어딘지 모르게 맹해 보이는 인상은 덤이다.

소희가 한시름 덜었다는 표정으로 한숨을 폭 내쉬었다.

"휴우~ 살았다."

"한 번에 가져오려 하니까 그렇지."

서희의 가벼운 책망에 소희는 볼을 부풀렸다.

"하지만 두 번 왔다 갔다 하기는 귀찮은걸요."

"말을 말아야지. 그런데 이건 뭐니?"

"오늘 저녁까지 결재해 달라던데요?"

"에휴."

한숨이 절로 흘러나왔다. 그야말로 서류의 산이 아닌가. 물론 그렇다고 결재를 안 할 수는 없다.

서희는 조심스럽게 서류를 들어 천천히 살피기 시작했다.

"차 한 잔 가져다줄래?"

"예. 아얏!"

쿠당!

소희가 방문을 나서다가 문턱에 걸려 넘어졌다. 서희가 벌떡 몸을 일으켰다.

"괜찮니?"

"아프지 않아요. 소희는 절대 울지 않거든요."

소희가 손으로 옷을 털어내며 배시시 웃어 보였다.

"금방 내올게요."

"아니, 잠깐……."

이미 소희는 일층으로 내려갔다. 서희는 뻗었던 손을 내리며 중얼거렸다.

"…코피 난다고 말해주려 했는데."

하지만 더욱 중요한 사실 하나.

"쌍코핀데."

처음 봤다.

"꺄악! 쌍코피!"

잠시 뒤 들려오는 익숙한 비명 소리.

서희가 눈을 감으며 고개를 설레설레 젓다가 서류 하나를 집어 들고 읽었다.

"음?"

순간 서희의 눈이 크게 치켜떠졌다.

*   *   *

적연은 고개를 갸웃거렸다. 제갈여진은 눈을 희번덕 뜨며 적연을 노려보고 있었다.

"나?"

"어떻게 된 거죠?"

제갈여진이 앙칼진 목소리로 물어온다. 적연은 콧가를 긁적이며 자신에게 되물었다.

"나한테 조카가 있었던가?"

적연은 어리둥절한 표정으로 고개를 갸웃거렸다. 그것은 미친개 역시 매한가지였다.

"형님, 무림에 친척 있었어요?"

"전혀."

적연은 고개를 내저으며 몸을 일으켰다. 일단은 호기심이 동했기 때문이다.

면회소로 들어가니 한 여자 아이가 손을 휘저으며 아는 척했다.

"여기요, 여기."

뚜벅뚜벅.

적연은 천천히 그쪽으로 걸어갔다.

"너냐?"

"예, 삼촌."

적연은 찬찬히 여자 아이를 뜯어보았다.

깨물어주고 싶을 정도로 귀여운 여자 아이다. 양 콧구멍에 한지를 틀어막고 있지만 않다면 더욱 예뻤을 텐데.

"난 널 모르는데?"

"그러실 거예요."

여자 아이, 소희가 방긋 웃으며 입을 열었다. 적연의 눈이 차가워졌다.

"누가 보내서 왔나?"

"서희 언니요."

서희. 자신을 유혹하던 하오문의 무한 지부장을 말하는 것이었다. 그녀가 연락을 했다는 것은 무언가 심상치 않은 일이라는 증거였다.

"무슨 일이더냐?"

"지부로 와달래요."

"무슨 일인지는 말해주지 않더냐?"

"예, 삼촌."

"이제 삼촌이란 칭호는 빼도 돼."

"예, 삼촌."

"……."

적연은 고개를 설레설레 저었고, 결국 소희와 손을 꼭 마주 쥔 채 무림맹을 나섰다.

"넌 서 소저와 어떤 사이지?"

대로를 따라 걷던 적연이 묻자 소희가 방긋 웃었다.

"언니요."

"친언니?"

"그럴 리가요. 성이 다르잖아요."

"듣고 보니 그렇군."

적연의 중얼거림에 소희가 '이런 싱거운 아저씨를 봤나?

란 표정으로 혀를 빠끔히 내밀었다가 집어넣는다.

"아!"

그러던 중 소희가 감탄성을 터뜨리며 한곳을 가리켰다. 적연은 고개를 갸웃거렸다.

"왜 그러지?"

"저거……."

소희가 가리킨 곳에는 양고기 꼬치를 팔고 있었다. 멀뚱거리던 것도 잠시, 적연이 물었다.

"먹고 싶어?"

끄덕끄덕.

소희의 눈이 반짝반짝 빛나고 있었다.

적연은 어깨를 으쓱이며 양고기 꼬치를 사 소희의 손에 쥐어주었다.

"잘 먹을게요."

소희가 방긋 웃더니 게걸스럽게 꼬치를 베어 물었다.

우걱우걱.

꼬치에 꿰어 있던 고기가 사라진 것은 그야말로 순식간이었다. 하지만 소희의 눈은 만족하지 못하고 있었다.

꼬르륵.

뒤이어 들려온 소리와 함께 소희가 입맛을 다셨다. 적연은 혀를 끌끌 찼다.

"더 사주랴?"

끄덕끄덕.

소희의 고개가 아래위로 세차게 움직였다.

"오셨어요?"

서희는 적연을 바라보며 살포시 미소를 보이다가 고개를 갸웃거렸다. 무언가 질린 듯한 표정이었기 때문이다.

"왜 그러시는지요?"

"요즘 먹고살기 어렵소?"

"예?"

"꼬치 다섯 개, 당과 세 개, 만두 한 접시."

도통 알 수 없는 말에 서희가 눈을 동그랗게 떴다.

"무슨 말씀을 하시는지 도통 모르겠군요."

적연은 가볍게 고개를 내저으며 가벼워진 주머니 안을 매만졌다.

"아니외다."

"흐음……?"

"그것보다 용건이 뭐요?"

"아!"

그제야 서희의 표정이 어둡게 굳어졌다. 심상치 않은 일이다. 적연은 본능적으로 알아챌 수 있었다.

"무슨 일이오?"

"한 가지 이상한 소문을 접수했어요."

"이상한 소문?"

적연이 고개를 갸웃거렸다. 서희는 심각한 표정으로 쉽사리 입을 열지 못했다. 불안한 눈빛. 그 시선이 향한 곳은 바로 적연 자신이었다.

바보가 아닌 이상 알아챌 수 있었다. 그 소문이란 것이 적연 자신에 관한 것임을.

"나에 관한 것인가?"

서희는 무겁게 고개를 끄덕였다.

"예."

"좋은 소문 같지는 않군."

"맞아요. 사실 아주 좋지 않아요."

"뜸 들이지 말고 말하시오."

적연의 재촉에 서희가 마지못해 입을 열었다.

"당신이 배화교와 내통을 하고 있대요."

"……."

그야말로 뜻밖이었고, 어찌 보자면 뜬금없었다. 흘러나오는 것은 허탈한 웃음뿐이었다.

"…하, 하하. 내가 배화교와 내통을 해?"

뒤이은 감정은 분노였다. 누가 그런 허무맹랑한 헛소문을 퍼뜨린 것일까.

"하지만 분명 배화교와 관계가 있잖아요?"

"내가? 배화교와 관계가 있다?"

"산예."

멈칫.

순간 적연의 입이 꾹 다물어졌다. 산예. 분명 돌아가신 어머님의 이름이었다.

당혹스러웠다. 여기서 산예라는 이름이 거론될 줄은 몰랐기 때문이다.

"분명 당신의 어머님 이름이지요?"

"……."

"전 배화교의 소교주. 아니, 현 일월궁주가 사형이었죠."

말문이 막혔다. 눈앞이 깜깜해지는 기분이다. 분명 서희의 말은 틀린 것이 없었기 때문이다.

"그리고 당신의 아버지는 정파의 사람이었고요."

"후우."

갑자기 웃음이 흘러나왔다. 적연은 비틀린 미소를 지으며 서희를 바라보고 있었다.

"그렇게 엮인 거요?"

결국 이런 식으로 뒤통수를 맞는 것인가? 적연은 이 소문의 근원지를 쉽게 유추해 낼 수 있었다. 볼 것도 없다. 상관책이다.

"분명 그렇소. 그런데 그게 어쨌다는 말이오?"

"그건……."

서희가 쉽사리 말을 잇지 못했다. 다름이 아닌 적연의 얼굴

을 본 탓이었다. 조금만 건드리면 폭발할 것만 같은 느낌이
다.

"후우."

적연은 고개를 숙였다. 일그러진 얼굴을 보이고 싶지 않았
다.

"얼마나 퍼졌소?"

"…아직은요. 하지만 윗사람들은 이미 알고 있겠지요."

"후우."

막막했다. 솔직히 밑에 찌질한 놈들은 별로 상관이 없다.
중요한 것은 파급력을 가진 자들이니까.

'너무 빠르군.'

분명 어느 정도 선에서 이런 압박이 들어오리라고는 예상
했다. 하지만 너무 빠르지 않은가.

어느 정도 마음을 굳힌 적연이 씁쓸한 표정으로 입을 열었
다.

"안 좋은 표정을 보여서 미안하오."

따지고 보면 서희는 적연을 걱정해 먼저 알려준 셈이었다.
다행히 서희도 적연의 뜻을 알아들은 모양이었다.

"아니에요."

"결국 내가 내 자신의 발목을 잡은 격이 되었군."

자조적인 중얼거림에 서희가 조심스럽게 물어왔다.

"괜찮겠어요?"

"괜찮지 않겠지."

앞으로의 일은 뻔하다. 모두들 합심해서 적연을 쳐내려 할 것이다.

하지만 아무리 생각해도 왜? 란 의문부호가 든다.

'이상해.'

이번 일은 다소 뜬금없다 할 수 있었다.

"후우."

결국 부질없는 넋두리일 따름이다. 상황은 벌어졌고, 적연은 결정을 내려야 한다.

더 이상 이곳 무림맹에서 발붙일 수는 없다. 가만히 앉아 있다가 당하고 싶지는 않았기 때문이다.

"그것보다, 그녀는?"

적연의 물음에 서희의 표정이 어두워졌다. 누구를 지칭하는 것인지 알았기 때문이다.

"보시겠어요?"

적연은 무겁게 고개를 저었다.

"별로."

괜히 봐봤자 멀어진 사이가 다시금 가까워질 것이라는 생각은 들지 않았다. 서로에게 괴로울 뿐이다.

"가겠소."

"이제는 어떻게 하실 생각이죠?"

적연은 단지 어깨를 으쓱일 뿐 명확한 대답을 해주지 않았다. 서희가 다급한 어조로 물었다.

"다시 볼 수 있는 거죠?"

그녀는 적연이 어떻게 행동하리라는 것을 예상했다. 적연은 어깨를 으쓱였다.

"글쎄."

역시나 애매모호한 대답뿐이다. 서희는 입을 꼭 닫았다. 묻고 싶은 것은 많았지만 부질없음을 안다.

단지 이렇게 보내줄 수밖에 없음도 말이다.

다만 한 가지.

"잊지 않았지요?"

적연이 고개를 돌려 서희를 응시했다. 왠지 얼굴이 화끈거렸다.

바보 같다. 볼썽사납게 붉어졌겠지.

"아아……."

묻지도 않았건만 적연이 알겠다는 듯 고개를 끄덕였다.

"분명 내게 할 부탁이 있다 했었지. 잊지 않고 있소."

해월령을 맡기는 조건으로 서희는 적연에게 자신이 원하는 바를 들어달라 했다.

"아직 정해지지 않은 거요, 그 부탁?"

당시 적연이 물었을 때 서희는 '나중에요'란 말로 애매모호하게 넘겼다.

"아직이에요."

서희가 짐짓 고개를 살짝 치켜들며 대답했다. 애써 담담해 보이려는 모양이다. 적연은 피식 웃으며 입을 열었다.

"잘 생각해 보시오."

적연은 걸음을 옮겨 처소를 나섰다.

휘이잉!

바깥으로 나서자마자 차가운 바람이 살을 에일 듯 닿았다. 적연은 옷깃을 여미며 재빠르게 뛰었다.

이윽고 저 멀리 무림맹이 보였다.

덜컹!

적풍대의 숙소로 돌아온 적연이 급하게 율무극과 미친개, 지여선을 불러들였다.

"무슨 일이십니까?"

늦은 저녁 식사를 하다가 급하게 불려온 율무극이 어리둥절한 표정으로 적연을 바라보았다.

"모두 짐 싸."

"예?"

"에?"

뜬금없는 말에 미친개와 지여선이 눈을 동그랗게 떴다. 앞뒤 사정 이야기를 잘라먹고 다짜고짜 짐을 싸라니 그럴 만도 했다.

"무슨 일이십니까?"

그에 반해 율무극은 신중한 어조였다. 적연의 표정에서 심상치 않은 기운을 읽은 탓이다.

"날 팽하려는 모양이다."

짧은 대답. 그러나 율무극은 단번에 알아챘다.

"예상보다 빠르군요."

"나도 놀란 참이야. 서둘러."

"알겠습니다."

율무극은 고개를 끄덕이더니 미친개와 지여선을 이끌고 바깥으로 나갔다. 적연 역시 혁낭에다가 짐을 우겨넣기 시작했다.

주도권은 그들에게 있었고 또한 그만한 힘도 있었다. 그에 반해 적연은 그렇지가 못하다.

앉아서 당할 수는 없다. 지금은 몸을 피해야 할 때다.

똑똑.

그 급박한 순간 문 두들기는 소리는 적연의 짜증을 유발시켰다.

"누구냐?"

"저, 저요."

문 바깥에서 들려오는 떨리는 목소리는 제갈여진이었다. 적연은 손으로 이마를 감싸며 입을 열었다.

"들어오시오."

끼이익.

문이 열리며 제갈여진과 뒤를 따라 임지령이 들어왔다.

"무슨 일 있어요?"

세 사람이 짐을 싼다고 이리 뛰고 저리 뛰는 모습에 의아함을 느낀 것이다. 적연은 가볍게 숨을 고르며 입을 열었다.

"보는 대로요."

터질 듯 빵빵해진 혁낭을 짊어지는 적연을 보며 제갈여진과 임지령의 눈이 크게 떠졌다.

"뭡니까?"

임지령의 물음은 떨리고 있었다. 아무런 대답도 하지 않았건만 본능적으로 적연이 떠나려 한다는 것을 눈치 챈 탓이다.

"무림맹을 떠난다."

"그게 무슨 소리예요?"

옆에서 듣고 있던 제갈여진이 혼란스러운 표정으로 물었지만 적연은 대답해 줄 여력이 없었다.

"곧 알 수 있을 거요."

"난 도대체 무슨 일인지 이해할 수가 없어요."

"장주님, 말씀해 주십시오."

임지령의 물음에 적연은 가볍게 어깨를 들썩였다.

"팽(烹)."

짧은 대답. 제갈여진과 임지령이 팽이란 의미를 모를 리 없었다. 하지만 왜?

"형님, 준비가 끝났어요."

바깥에서 미친개의 목소리가 들려왔다. 적연은 눈빛을 빛내며 문 쪽을 향해 발걸음을 옮겼다. 그 순간 임지령이 적연의 옷소매를 잡아챘다.

"저도 같이 가겠습니다."

"그건 안 돼."

적연은 고개를 내저으며 단호하게 말했다.

"왜입니까?"

"날 따라가면 네 가문은?"

"……."

임지령의 말문이 막혔다. 지금 상황이 어찌 돌아가고 있는지는 모르겠지만 자칫 적연을 따라나섰다가는 자신의 가문까지 엮일 수도 있는 노릇이었다.

적연은 제갈여진에게 시선을 주었다.

"그것은 당신에게도 해당되는 이야기요."

"아……."

제갈여진은 뭐라 말하지도 못한 채 안타까운 표정만을 지을 따름이다. 적연은 한숨을 내쉬었다.

"아마도 이것저것 조사를 받겠지만 잠시일 뿐이오. 하지만 날 따라나서는 순간 빼도 박도 못하게 될 터."

적연의 말은 틀리지 않았다.

"그럼 이만."

그 말을 끝으로 적연은 바람처럼 바깥으로 나갔다.

제갈여진이 허겁지겁 따라나섰지만 이미 네 사람은 자취

를 감췄다.

털퍽.

제갈여진이 땅바닥에 주저앉았다.

눈가에 맺힌 눈물이 볼을 타고 흘러 턱끝에 맺혔다.

"으음……."

상관책은 이마에 손을 얹으며 곤혹스러운 표정을 지었다.

"이게 도대체 어떻게 된 거지?"

방금 전 들었던 이야기는 전혀 예상치 못했던 것이었다. 적
연이 배화교와 내통을 하고 있다는 소문 말이다.

분명 적연을 쳐내기 위한 방법 중 하나인 것은 맞다. 실제
로 계획도 있었고 말이다.

하지만 문제는 자신이 지시를 내리지 않았다는 점이었다.

"제길. 불길해."

"적연을 어서 불러들이세요."

그리고 어둠에서 한줄기 목소리가 들려온 것은 직후였다.
상관책은 고개를 들었다.

"불러들이기는 해야겠지."

왠지 놀아나는 기분이다. 자신이 아닌 누군가의 계획에 따
라 움직이게 되어버렸으니까. 하지만 참으로 애매모호하게
되어버렸다. 적연을 잡아들이지 않을 수가 없게 되었다.

"적연을 불러들여라!"

바깥을 향해 크게 외치고 얼마나 시간이 지났을까. 적연을 불러들이기 위해 갔던 무사가 돌아와 상관책의 성질을 더욱 돋웠다.

"처소가 텅텅 비었습니다."

"이런 빌어먹을!"

순간 상관책이 주먹으로 의자 팔걸이를 내려쳤다. 우직! 하는 소리와 함께 팔걸이가 산산조각났다.

상황을 모르는 무사는 상관책의 격양된 모습에 질린 표정이다. 상관책은 거칠게 팔을 휘두르며 나갈 것을 명했다.

"눈치도 빠른 놈."

상관책은 손으로 이마를 감싸 쥐며 애써 화를 삭이는 모습이다.

"…크으."

그리고 어둠 속에서 낮은 침음성이 흘러나왔다. 상관책은 안광을 번뜩이며 입을 열었다.

"놈이 어디로 갔을까?"

"한 가지 짚이는 바가 있습니다."

대답은 곧바로 들려왔다. 상관책의 시선이 어둠 속으로 꽂혔다.

"얼마 전 황산 인근 마을에서 인부들이 대거 고용되었다고 하더군요."

"음?"

쉽사리 이해가 되지 않는다는 표정이었다. 인부들이 고용된 것과 무슨 상관이란 말인가?

의문은 이윽고 풀렸다.

"무너진 굴을 파내는 데 고용되었다고 합니다."

상관책이 눈을 동그랗게 떴다. 굴이란 것은……?

"…마굴?"

"예. 아마도 적연이 고용한 것일 테지요."

말을 끝맺자 상관책이 입을 꾹 다물고는 잠시 생각에 빠졌다. 그렇게 얼마나 지났을까.

"하지만 놈이 마굴로 갈까?"

의문점이 든 것은 당연했다. 이동 방향을 알아낸 이상 마굴로 토벌대를 보내는 것은 당연한 일이다. 과연 적연이 그것을 모를 것인가?

어둠 속의 목소리는 상관책의 의중을 곧바로 알아챘다.

"반대로 생각해 보시죠. 자기의 아비가 묻혀 있는 곳입니다. 어느 자식이 손 놓고 앉아 있을 수 있겠어요?"

"과연… 그것도 그렇군."

상관책은 수긍한 표정으로 고개를 끄덕였다.

"그건 그렇고. 이제 적연도 사라진 마당에 숨어 있을 이유가 있나?"

"하긴 그렇군요."

또각. 또각.

차분한 발걸음 소리와 함께 모습을 드러낸 것은 여인이었
다.

"수룡왕."

여인은 바로 수룡왕 허난경이었다.

         *   *   *

소문은 급격하게 퍼졌다.

오대가신가문을 거꾸러뜨린 적풍대주 사신 적연의 어머니
가 배화교의 사람이었다는 사실은 그야말로 충격이었다.

정과 사의 구분을 명확히 하는 무림인들답게 정파인들은
적연에 대해 극심한 분노를 표출했다. 또한 문제는 무림맹에
도 닥쳤다.

적연의 출신 성분 하나 제대로 알아보지 못한 채 그런 중책
까지 맡겼다는 점이 그것이었다. 그 상황에서 상관책의 냉철
한 판단은 빛을 발했다. 발 빠르게 여론을 수렴하고 적연을
척살 대상으로 규정한 것이다.

하지만 정국이 완전히 안정화되기란 쉽지 않았다. 그 여파
가 너무도 컸기 때문이다.

현 무림맹주와 무림맹의 일 처리에 대해 의구심을 제기하
는 여론이 일어났고, 그야말로 정파무림은 혼란에 빠져들었
다.

그 틈을 타 배화교의 특수 부대는 은밀하고도 재빠르게 활강시의 뒤를 쫓고 있었다.

*　　　　*　　　　*

섬서 남동단 순양(旬陽)현에서 육십 리 떨어진 야산.

"압도적입니다! 막을 수가 없습니다!"

전령이 피를 토하듯 외쳤다. 광명우사의 표정이 싸늘하게 굳어졌다.

"크음……."

추적 끝에 따라잡았고, 첫 마주침. 하지만 결과는 참혹했다.

격돌 후 얼마 시간이 지나지 않았음에도 벌써 스물세 명의 목숨이 사라졌다.

부상자 따위는 없다. 활강시의 손속은 잔인하고도 정확했다. 그나마 고르고 골라온 정예 무사들이기에 이 정도였다.

꿀꺽.

생각만으로도 식은땀이 흐를 지경이다. 활강시는 예상했던 것 이상으로 강했다. 아니, 강하다는 표현으로는 부족하다.

양 무리 한복판에 뛰어든 굶주린 맹수였다.

"내가 직접 간다."

광명우사가 몸을 일으켰다. 이대로는 희생자만 늘어날 뿐
이다.

'틈!'
배화교 무사의 눈이 번들거렸다.
해월천이 등을 보이고 있었다. 고민은 없었다.
핏! 하는 소리와 함께 검이 해월천의 등을 향해 휘둘러졌
다. 단칼이다.
검이 등에 닿기 직전까지도 아무런 움직임을 보이지 않는
다.
'됐다!'
무사의 안광이 폭사되었다. 놈의 허리를 두 동강 낼 수 있
는 기회다.
'동료들의 원수!'
하지만.
땅!
검날이 부러졌고, 무사의 눈이 크게 치켜떠졌다.
예상과는 달리 단단한 바위에 부딪쳤을 때와 같은 반발력
이 팔 전체를 울렸다.
'믿을 수 없어. 믿을 수 없어.'
배화교의 무사가 망연자실한 표정이다. 그때 등을 보이고
서 있던 해월천이 고개를 돌렸다.

"크흐……."

괴이쩍은 시퍼런 피부, 샛노란 눈알을 번뜩이며 해월천이 웃었다. 그의 우악스러운 손이 무사의 양어깨를 잡은 것은 순간이었다.

쫘악!

섬뜩한 소리와 함께 무사의 몸이 양쪽으로 찢어졌다. 비명지를 시간 따위는 주지 않는다. 줄 생각조차 없다.

아무리 검을 휘둘러도 해월천에게는 소용없는 일이다.

사람을 찢는 데 별다른 힘이 들지 않았다. 그저 양어깨를 잡아 벌렸을 뿐.

해월천은 주위를 둘러보았다. 둘러싼 수십 명의 무리들의 얼굴에 깃든 감정은 하나같았다.

그것은 공포다.

"크흐흐."

사람이 내는 웃음소리라고 믿을 수 없을 만치 기괴한 쇳소리가 한층 분위기를 돋웠다. 놈들은 점점 움츠러들고 있었다.

전혀 위협이 되지 못하고 있다.

무사들은 해월천의 주위만 돌 뿐 쉽사리 달려들지 못했다.

주춤!

그래, 처음에는 자신만만한 표정으로 달려들었다. 하지만 이렇듯 공포에 떨게 되는 데까지 걸린 시간은 아주 잠깐에 불과했다.

그럴 수밖에 없다. 아무리 정예 무사라 하더라도 사람이다. 감정이 없을 리 없다.

후웅!

그 순간이었다. 등 뒤에서 엄청난 광풍이 몰아쳐 온 것은.

해월천이 몸을 돌리는 순간.

쿵!

천지를 흔드는 소리와 함께 해월천의 눈은 흙바닥이 순간적으로 치고 올라오는 착시를 일으켰다. 그것은 착시가 아니었다. 해월천의 얼굴이 흙바닥에 틀어박힌 것이다.

해월천이 팅기듯 몸을 일으켰다.

광명우사가 입가를 씰룩이며 해월천을 노려보고 있었다. 양손에는 시퍼런 기의 일렁임을 머금은 채.

"크흐흐!"

해월천이 괴이한 웃음을 흘렸다. 그것은 또 다른 먹잇감을 발견한 환희였다.

"흥!"

광명우사는 콧방귀를 뀌며 자세를 잡았다.

퉁!

틈을 보던 광명우사가 달려들었고 해월천의 광소가 울려 퍼졌다.

"크흐흐흐!"

투학!

엄청난 폭발음과 함께 해월천과 광명우사가 맞부딪쳤다.

* * *

번쩍.

일월궁주 백한로는 감고 있던 눈을 뜨며 몸을 일으켰다. 급하게 처소 문을 두드리는 소리를 들은 탓이었다.

백한로는 흐트러진 머리를 가다듬으며 몸을 일으켰다.

"무슨 일이더냐?"

"만검입니다."

광명좌사였다. 백한로는 고개를 갸웃거렸다.

"들어오게."

끼익.

문이 열리며 광명좌사가 처소 안으로 들어와 백한로에게 예를 올렸다.

"무슨 일인가, 이런 늦은 시간에?"

"죄송합니다."

"아닐세."

백한로가 고개를 내저었다. 광명좌사는 무릎을 꿇고 앉더니 입을 열었다.

"적연이 무림맹에서 도망쳤습니다."

"음?"

뜻밖의 소식에 백한로가 고개를 갸웃거렸다. 불과 얼마 전까지만 하더라도 오대가신가문을 쳐내 없앴다는 소식을 들었기 때문이다.

"빠르군."

당초 백한로는 적연이 팽당하리라 예상했다. 문제는 그 시기였을 뿐.

"하지만 문제가 있습니다."

"뭔가?"

"상관책이 당혹스러워하고 있다는 점이죠."

"음?"

뭔가가 이상하다. 그게 무슨 소린가? 뒤이어 광명좌사가 현 정파무림의 상태를 말해주었다.

"흐음."

그가 아는 상관책이라면 이런 것쯤은 방비를 해두고 있었어야 함이 옳다. 그런데 맹과 정파무림이 흔들리고 있다니.

"어떻게 봐야 하지?"

"두 가지의 가능성이 있습니다."

"두 가지?"

광명좌사가 고개를 끄덕이며 입을 열었다.

"첫째는 상관책이 예상했던 것보다 그 후폭풍이 크다는 점."

"그 점은 별로 타당성이 없어 보이는군."

그가 아는 상관책은 이렇게 허술하게 일을 진행시키지 않는다.

"그렇다면……."

"내가 이야기하지."

백한로가 먼저 입을 열었다.

"이번 일은 그가 원한 것이 아니야."

"누군가가 선수를 쳤다는 것이로군요?"

"그렇지. 그것도 인위적으로 말이야."

왠지 모르게 찝찝하다. 아니, 정확히 말하자면 불길하다.

"크흠……."

백한로는 옅은 침음성을 흘리며 턱가를 만졌다. 누군지는 모른다. 하지만 한 가지 확실한 것은 좋지 못한 의도를 가지고 있다는 사실이다. 그 점이 백한로의 가슴 한편을 무겁게 만들어놓고 있었다.

*   *   *

"크윽!"

광명우사의 한쪽 무릎이 땅에 닿았다.

"괜찮으십니까?"

황급히 달려온 무사 한 명이 걱정스런 얼굴로 물으며 손을 뻗었다.

"되었다."

광명우사는 무사의 손을 피해 몸을 일으켰다. 고통으로 물든 얼굴로 한편을 바라보았다.

이미 해월천은 사라진 상태였다.

쾅!

광명우사가 이를 바득바득 갈며 주먹으로 땅바닥을 쳤다. 해월천을 제압할 수가 없었다. 압도적인 활강시의 신체는 모든 공격을 무용지물로 만들었다.

고작 해월천을 쫓아내는 데 급급했다.

너무도 강하다.

그리고 이번 싸움으로 한 가지 사실을 깨달았다. 놈을 잡을 수가 없다는 점이다.

"교에 서신을 넣어라."

"예."

"막을 수가 없다고. 그대로 진행시켜 달라고."

차라리 잘된 것일는지도 모른다. 해월천의 저 압도적인 강함은 무림맹과 충돌 시 적잖은 이득을 안겨줄 테니까.

*　　　*　　　*

그 시각.

음식을 든 채 방 앞에 선 시비가 문을 열고 안으로 들어갔다.

"식사하세… 아!"

시비의 입에서 터져 나온 한줄기 음성. 침상에 누워 있어야 할 해월령이 보이지 않았다.

"설마……."

도망친 것인가? 그럴 리가 없었다. 창문조차 없는 이곳이다. 어디로 도망칠 수 있단 말인가.

"어서 알려야 해."

가장 우선은 그것이었다.

시비가 몸을 돌리는 순간,

"…읍!"

목뒤에서 하얀 손이 시비의 입을 틀어막았다. 시비의 눈이 크게 치켜떠졌다.

"쉿!"

해월령은 시비의 몸을 제압한 채 차가운 눈동자를 굴리고 있었다.

"이만 나가야겠어."

시비의 눈이 불안하게 떨리고 있었다. 해월령은 시비의 귓가에 입을 가져다 대며 속삭이듯 말했다.

"언제까지 이곳에 있을 수는 없지. 네가 좀 도와줘야겠어."

第三十二章

격돌

龍
劍風

"형님."

미친개가 적연을 불러 세웠다.

"뭐지?"

"우리는 어디로 가는 건가요?"

미친개의 물음에 적연은 어깨를 으쓱였다. 무한을 나온 지 벌써 열흘이 지났다. 그동안 이들 일행은 죽자사자 달리기만 했다.

그러니 궁금할 만도 했다.

"일단은 황산으로 가자."

"그곳은 좀 위험하지 않겠습니까?"

옆에서 듣고 있던 율무극의 물음이었다. 그럴 수밖에 없는 것이 황산에는 마굴이 자리 잡고 있었고, 무림맹에서 예상할 수 있는 범위였다.

적연은 가볍게 고개를 내저었다.

"그걸 알기에 가는 거야."

"무슨 말씀이신지?"

"마굴."

"아!"

순간 지여선이 알아들었다는 표정으로 손뼉을 탁 마주쳤다. 그것은 미친개 역시 마찬가지였다.

적연은 어깨를 으쓱였다.

"무림맹이 마굴을 노리는 것은 정해진 것이나 마찬가지."

적연을 이끌어내기 위한 가장 커다란 미끼는 무엇인가. 바로 마굴의 존재였다. 그 안에는 적운이 있기 때문이다.

"또한 걱정이 되는 것도 사실이야."

적연은 뒷짐을 지며 고개를 들었다.

"물론 가주님을 생각하시는 소가주님의 마음은 알겠습니다. 하지만 굳이 위험을 감수할 필요까지는……."

"그대는 내 말뜻을 잘못 알아들었군?"

"예?"

"걱정이 된다 말한 것은 아버님을 두고 한 것이 아니었어."

율무극은 이해가 되질 않는다는 표정으로 연신 고개를 갸웃거렸다.

"낭인촌이 걱정돼."

황산에 자리 잡은 낭인촌, 그리고 마굴의 발굴을 맡긴 한산의 얼굴이 뇌리를 스쳤다. 그러나 율무극은 쉽사리 이해가 되지 않는다는 표정이었다.

그의 입장에서는 고작 낭인촌 때문에 적연이 위험을 감수한다는 것이 이상했기 때문이다.

적연은 율무극의 심증을 읽을 수 있었다.

"난 적가의 소가주이지."

용권풍이 몰아치는 거친 환경에서 적연은 컸다.

적연이 검을 처음 쥔 것은 다섯 살 때부터였다. 어머니인 산예에 의해서였다. 처음에는 이해를 할 수 없었다. 가문의 복수 따위 적연은 직접 겪어보지 않았기 때문이다. 와 닿을 리가 없었다.

죽도록 싫었다. 그리고 어머니는 그런 적연을 이해하지 못했다.

그래서였을 것이다, 더욱 맹목적으로 검에 매달린 것은. 어머니의 뜻을 저버리고 낭인 무리에 끼어든 것 역시도.

당시 적연의 나이는 열다섯에 불과했고 현재에 이르렀다.

"그래. 난 적가의 소가주지."

출신은 어쩔 수 없다. 그것을 알기에 어머니의 유언에 따라 무림으로 온 것이다. 하지만 그간 적연이 살아온 삶을 부정할 수는 없다.

적연은 차분한 눈으로 율무극을 바라보며 잠시 끊었던 말을 이었다.

"하지만 낭인이기도 하다."

"……."

율무극은 아무런 대답도 할 수 없었다. 적연의 말속에 담긴 뜻을 알아챘기 때문이다.

"내키지 않는다면 나 혼자 가도 상관없어."

"그럴 수는 없습니다."

율무극이 대번에 고개를 세차게 저었다. 애초부터 그럴 생각 따위는 없었다. 적연은 지여선에게 시선을 주었다.

"너는?"

지여선은 어깨를 으쓱였다.

"뭘 물어보세요. 가는 거죠 뭐."

"위험할 수도 있어."

"전 원래 위험을 즐겨요."

히죽.

적연은 피식 웃으며 앞으로 걸어나갔다.

"그럼 가자."

"예."

율무극과 지여선이 적연을 따라 걸음을 옮겼다. 미친개는 그 모습을 바라보며 고개를 갸웃거렸다.

"나, 나는 안 물어봐요?"

대답은 없었고, 결국 미친개는 삐쳤다.

*　　　*　　　*

탁!

선두에서 달리던 광명우사가 발걸음을 멈췄다.

"잠시 멈춘다."

"거의 다 따라잡았습니다."

광명우사 대신 이들을 통솔하던 대주가 나서며 물었다. 광명우사는 팔짱을 낀 채 심각한 표정으로 입을 열었다.

"여기가 어디라고 생각하느냐?"

"예?"

"무당의 영역이다."

순간 대주가 눈을 동그랗게 뜨더니 주위를 살폈다. 광명우사가 가볍게 한숨을 내쉬었다. 해월천의 뒤를 따라 쉼없이 달려오다 보니 이곳까지 와버렸다.

해월천은 대로를 따라 무한을 향해 곧장 내달리고 있었다. 공교롭게도 그 길목에 무당산이 위치하고 있었다. 어찌 되었든 해월천이나 광명우사 일행이나 무당의 세력권으로 들어선 것이다.

더욱이 이 정도의 대인원이다. 움직임에 있어 신중을 기할 수밖에 없었다.

괜한 희생을 낼 필요는 없다.

"무당과 충돌하는 것은 해월천 혼자다."

광명우사의 시선이 향한 곳은 저 멀리 희미하게 보이는 무당산이었다.

"자, 마음껏 날뛰어봐라."

광명우사가 해월천이 향한 방향으로 시선을 주며 비릿한 미소를 흘렸다.

                    *   *   *

무당산 균현 행화촌은 무당의 속가제자들이 가끔 내려와 필요한 식료품 등을 사가는 곳이었다.

"에이 퉤! 더러워서."

진운은 침을 뱉으며 입가를 씰룩였다. 웅심을 품고 무당에 속가제자로 들어온 지 삼 년. 아직 정식제자로 인정받지도 못한 채 이렇듯 보름에 한 번씩 식료품을 사러 심부름을 다니는 신세다.

"호랑말코 도사 놈들. 필요하면 지들이 직접 사러 내려오면 좋잖아?"

옆에 서 있던 자운이 씁쓸하게 웃었다.

"어쩔 수 없잖아? 이게 우리 속가제자들이 감수해야 하는 일인데."

"지들은 손이 없어 발이 없어? 정식제자들이면 다야? 제길! 빌어먹을! 씨펄! 육시럴!"

진운은 복장 터진다는 표정으로 연신 욕설을 쏟아냈다. 자운은 이런 일이 한두 번이 아니라는 듯 능숙하게 진운을 달래며 앞서 걸어나갔다.

"어여 사가지고 올라가자고. 곧 해가 질 것 같으니 서둘러야 해."

"퉤!"

분이 풀리지 않은 진운이 걸쭉한 가래침을 뱉으며 자운의 뒤를 따를 무렵이었다.

"음?"

자운이 갑자기 발걸음을 멈췄다.

"왜 그래?"

"이 소리… 안 들려?"

자운의 말에 귀를 기울이던 진운이 고개를 갸웃거렸다.

"뭐 인마."

"꺄악!"

"으악!"

그와 동시에 뚜렷하게 들려오는 비명 소리에 자운과 진운이 서로를 바라보았다.

"이번에는."

"확실히 들었어."

두 사람이 고개를 틀었다. 비명 소리가 들려온 쪽이었다.

그리고 시야에 들어온 광경은 혼비백산해 이쪽으로 내달려 오는 마을 사람들이었다.

뒤이어 어떤 미친 녀석이 맹렬하게 이쪽을 향해 달려오는 모습을 발견할 수 있었다.

"저건 뭐지?"

그놈은 사람들을 닥치는 대로 학살하고 있었다. 그 소동이 어찌나 컸는지 생필품을 사러 함께 내려온 십수 명의 속가제자들이 진운과 자운의 주위로 모여들 정도였다.

"뭐지? 무슨 일이야?"

그 순간 사람들을 학살하던 그 무엇, 활강시 해월천의 샛노란 눈동자가 무당파의 속가제자들에게 꽂혔다.

"키히히!"

해월천은 기괴한 웃음을 터뜨리며 속가제자들을 향해 내달려 왔다.

"…으아악!"

그리고 그들은 순식간에 불귀의 객이 되어버렸다.

무당파의 청수 진인은 눈을 부릅뜨며 몸을 벌떡 일으켰다. 소림사에서 돌아온 지 얼마 되지 않아 여독이 채 풀리지 않은 상태지만 지금은 그런 것을 따질 여력이 없었다.

"그게 도대체 무슨 소리더냐?"

다급한 물음에 도사 한 명이 새파랗게 질린 얼굴로 외쳤다.

"위로 치고 올라오고 있습니다! 막을 수가 없어요!"

"허어! 이럴 수가… 이럴 수가!"

내용인즉슨 이러했다. 생필품을 사기 위해 정기적으로 행화촌으로 내려갔던 속가제자들 중 한 명이 처참한 몰골로 돌아와 괴물이 나타났다 이른 것이다.

아무래도 심상치 않은 상황인 듯싶었다.

"현재 상황은?"

"으아악!"

그 순간 바깥에서 귓가를 어른거리는 희미한 비명 소리.

"당도했군."

청수 진인의 말에 도사의 얼굴이 새파랗게 질렸다. 대장로와 정예 무사 삼십여 명이 급파된 것은 채 반 시진도 되지 않았다.

"그, 그렇다면 장로님은……."

질끈.

청수 진인은 입술을 꽉 깨물었다.

"검을 다오."

"예."

검을 받은 청수 진인이 문을 열고 밖으로 나갔다. 본당인

자소궁 앞에 우뚝 선 청수 진인이 검을 들었다. 그리고 오십에 이르는 무당의 정예 도사들이 앞을 막아서고 있었다.

"아아악!"

"크아악!"

점점 비명 소리가 가까워져 왔지만 그 누구의 얼굴에서도 흔들림은 보이지 않았다. 그리고 놈이 모습을 드러냈다.

"키히히!"

피로 물든 그 괴물은 기분 나쁜 웃음을 흘리고 있었다. 청수 진인의 짙은 눈썹이 꿈틀거렸다. 그 피가 무당 제자들의 것임을 알았기에.

"후우."

숨을 들이켠 청수 진인이 외쳤다.

"쳐라!"

명이 떨어짐과 동시에 도사들이 해월천을 향해 달려들었다.

퉁! 콰직!

그 순간 해월천이 몸을 날려 자신에게 달려들던 무사들을 지나 바닥에 착지했다. 그리고 곧바로 청수 진인을 향해 달려들었다.

"크히히히!"

예의 그 괴이한 웃음을 터뜨리면서.

"엄청나군."

광명우사는 침을 꿀꺽 삼켰다.

앞서 보냈던 전령은 도저히 믿을 수 없는 사실을 알려왔다. 그렇기에 위험을 무릅쓰고 무당산으로 직접 올라온 것이다.

광명우사는 침음성을 삼켰다. 이제는 믿을 수밖에 없었다.

"눈으로 보고 있음에도 믿을 수가 없구나."

그렇지 않은가. 단 한 명에게 무당파가 떼로 몰살당한 것을 누가 믿을 수가 있을까.

광명우사는 침을 꿀꺽 삼켰다. 불과 얼마 전 맞붙었을 때는 이 정도가 아니었다. 하지만 현재의 해월천은 그 끝을 짐작할 수 없을 정도로 강해지고 있었다.

"크흠."

지금의 해월천은 광명우사가 도저히 상대할 수 없다.

오싹.

광명우사의 등줄기로 땀이 흘러내렸다. 무사히 대업을 이루었다 치자. 그 후 해월천을 어찌할 것인가. 아니, 어찌해야 하는가.

광명우사는 눈을 지그시 감았다.

"어쩌면 우리는 만들어서는 안 될 것을 만든 것일는지도 모른다."

나직한 어조는 미세한 떨림을 머금고 있었다.

그리고 얼마 지나지 않아 이 충격적인 사실은 정파무림을 발칵 뒤집어놓았다.

정파무림을 대표하는 무림맹의 동요는 더욱 클 수밖에 없었다. 그만큼 무당파라는 이름이 가지는 무게는 엄청났으니까.

*　　　*　　　*

"어마? 오셨어요?"

적연 일행이 황산 낭인촌 앞에 당도했을 무렵 계집아이가 쪼르르 달려왔다. 한산의 동생인 한소소였다.

"잘 있었느냐?"

"저야 뭐 그렇죠. 그건 그렇고, 이번에는 못 보던 분도 계시네요?"

한소소의 시선이 향한 곳은 지여선 쪽이었다.

"안녕."

지여선은 한쪽 눈을 찡긋하며 인사를 건넸다. 적연은 턱을 매만지며 주위를 살폈다.

"오라버니라면 동굴에 가 있어요."

"고맙구나."

적연은 고개를 끄덕이며 걸음을 옮겼다. 그렇게 얼마나 걸었을까. 이내 마굴이 보였다.

"어라?"

마굴 앞에 서서 인부들을 독려하던 한산이 눈을 동그랗게 떴다. 적연을 발견한 탓이었다.

"잘 지냈나?"

적연의 인사에 한산이 이쪽으로 걸어오며 반가운 미소를 흘렸다.

"기별도 없이 웬일이오?"

"그렇게 되었어. 그보다 얼마나 팠나?"

한산은 골치 아프다는 표정으로 콧잔등을 긁적였다.

"아직은 뭐라 말할 단계가 아니오. 워낙에 길어놔서."

적연은 미미하게 고개를 끄덕였다. 확실히 동굴의 입구에서 마굴까지는 엄청난 길이다.

한산은 가볍게 미소 지으며 어깨를 으쓱였다.

"시작이 있으면 끝도 있는 법. 언젠가는 닿지 않겠소?"

"그렇겠지."

어차피 단시간 내에 파내리라고는 생각지 않았다.

"그건 그렇고, 이분은 처음 뵙는 것 같은데?"

한산의 시선이 향한 곳은 한소소와 마찬가지로 지여선 쪽이었다. 지여선은 뭔가 넋이 나간 듯한 얼굴로 한산을 뚫어지게 쳐다보고 있었다. 한산은 고개를 갸웃거리며 자신의 얼굴을 매만졌다.

"내 얼굴에 뭐가 묻었소?"

"꽃미남."

"……?"

어리둥절한 표정의 한산. 지여선의 얼굴에 미소가 번져 갔다.

"꽃미남이네요."

"…아, 그렇소?"

"정말 잘생겼네."

거듭된 지여선의 극찬에 한산의 얼굴이 붉어졌다. 하지만 싫지만은 않았는지 머리를 긁적이며 미소를 머금었다. 보다 못한 미친개가 팔짱을 끼며 쏘아붙였다.

"잘생기기는 개뿔이."

번뜩.

지여선이 눈을 치켜떴다. 좋은 분위기를 망치는 것도 정도가 있다. 미친개는 '내가 뭘?' 이란 표정으로 양어깨를 으쓱일 뿐이다. 순간 지여선이 기분 나쁜 미소를 흘렸다.

"…너 질투하니?"

"엥?"

"그렇잖아. 영락없이 질투하는 꼬락서니 아니야?"

"그, 그게 무슨 말도 안 되는 소리야!"

미친개가 버럭 소리를 질렀다. 지여선이 고양이 눈을 하며 미친개에게 다가섰다.

"설마, 너 나 좋아하니?"

"허어!"

미친개는 꼭 쥔 주먹을 부르르 떨었다. 낭패다. 지여선에게 말려들고 말았다.

"말로 여자를 상대하느니 맨몸으로 천하제일고수에게 달려드는 게 낫지."

결국 패배를 시인하고 고개를 내저을 수밖에 없었다. 그 모습을 보던 적연이 혀를 끌끌 찼다.

"밑에 가서 망이나 봐."

"예."

미친개는 어깨를 축 늘어뜨린 채 밑으로 향했다. 한산은 고개를 갸웃거렸다.

"망이라니?"

적연이 무거운 표정으로 한산을 바라보았다. 어차피 그도 알아야 한다.

"아마도 내 예상이 맞다면 곧 들이닥칠 거야."

"들이닥쳐?"

"무림맹의 토벌대."

순간 한산의 얼굴이 딱딱하게 굳어졌다. 그럴 수밖에 없는 것이 한산을 비롯한 낭인촌이 이 지경에 이른 것은 무림맹 때문이었다.

"그게 무슨 소리요?"

다급한 물음에 적연은 팔짱을 끼며 차분히 그간에 있었던 일을 풀어놓았다.

"크흠."

길다면 긴 이야기가 끝났을 무렵 한산은 차가운 얼굴로 적연을 바라보고 있었다.

"당신의 이야기가 맞다면 곧 이곳으로 무림맹의 토벌대가 들이닥치겠군."

"아마도."

"우리 마을의 안전도 위험해질 테고."

적연은 묵묵히 고개를 끄덕였다. 한산이 거칠게 손을 뻗어 적연의 멱살을 잡아챘다.

"네놈이 우리를 위험에 빠뜨리는구나!"

분노 어린 한산의 외침에 적연은 아무런 대꾸도 하지 못했다. 그의 말이 틀린 것은 아니었거니와 변명하고 싶지도 않았다.

"책임은 진다."

"책임? 무슨 책임!"

"지금 이러고 있을 틈이 없을 텐데?"

"크윽!"

한산은 입술을 꾹 깨물었다. 지금은 잘잘못을 따질 겨를이 없었다. 일단 마을 사람들을 대피시키는 것이 먼저다. 무림맹의 녀석들이 마을을 가만히 내버려 둘 리가 없다.

인부들을 내려 보낸 뒤 마을로 돌아온 한산이 사람들에게 짐을 꾸리도록 일렀다. 혼란스러울 만도 하건만 아낙들은 일 사불란하게 움직이기 시작했다.

무림맹의 토벌로 인해 남편들을 모두 잃었지만 그들에게 는 지켜야 할 가족이 있었다. 바로 자식들이었다.

불과 반 시진이라는 짧은 시간 만에 아낙들이 피난 채비를 갖추고 마을 광장에 섰다. 자식들의 손을 꼭 쥔 채로 말이다.

"아마 험난한 여정이 될 것입니다. 하지만 절 믿고 따라와 주십시오."

짧은 말을 마친 한산이 빠른 걸음으로 앞서 나갔다. 그 모 습을 바라보던 적연은 짧은 한숨을 내쉬며 그의 뒤를 따랐다. 그때 미친개가 헐레벌떡 뛰어올라 왔다.

"허억! 허억! 혀, 형님, 큰일 났어요."

적연의 얼굴이 딱딱하게 굳어졌다.

"왔나?"

"예, 엄청나게 몰려오고 있어요. 엄청나요. 족히 수천은 되 어 보입니다."

"칫!"

하필이면 이렇게 딱 맞게 올 수 있단 말인가. 하지만 원망 할 시간이 없었다.

"여기까지 얼마나 걸릴까?"

"늦어도 두 시진입니다."

시간이 너무 촉박하다. 마을 사람들은 총 백여 명. 더욱이 아이들과 아낙들이 전부가 아닌가.

치명적이다. 그리고 절망적이다.

"결국 밑으로는 내려갈 수 없다는 말이군."

한산은 나지막이 중얼거린 뒤 위로 오르기 시작했다. 적연은 주먹을 꽉 쥐며 미친개를 바라보았다.

"밑으로 안내해라. 최대한 막아본다."

"그럴 필요 없소."

그때 아직은 분이 덜 풀린 한산의 차가운 말이 들려왔다. 적연이 한산 쪽을 바라보았다.

"일단 따라오시오."

"하지만."

"막아내기에 딱 좋은 곳이 있소."

*   *   *

쾅!

상관책은 주먹으로 탁자를 세차게 내려치며 몸을 벌떡 일으켰다.

"배화교라고!"

엄청난 기세에 정보관이 바닥에 이마를 찧으며 외쳤다.

"그렇습니다."

모든 것이 명확해졌다. 적연에 대한 소문을 일으켜 정파무림을 혼란으로 이끌고 예상치 못하게 이루어진 무당파에 대한 공격.

모든 것은 배화교의 짓이었다. 이미 배화교는 오만에 이르는 대군을 일으켜 남하하고 있었고, 그 선두에 선 것은 바로.

"활강시라니……."

활강시 한 구에 의해 무당파가 멸문에 이르렀고, 무한을 향해 내달려 오고 있었다.

"오 년이라 하지 않았소!"

상관책의 외침에 제갈천의 고개가 푹 떨궈졌다.

본래 예상대로라면 오 년 후였다. 이런 급작스러운 기습은 예상치 못한 것이다. 하지만 뭐라 말할 수 있겠는가. 모든 것이 변명일 뿐이다.

"하아……."

털썩.

상관책은 의자에 힘없이 주저앉으며 손으로 이마를 감싸쥐었다. 처음에는 콧방귀를 꼈었다. 그냥 강시라면 별것 아니라고.

─전설의 활강시라면 모를까.

음욕신마를 죽일 때 했던 그 누구도 아닌 자신이 내뱉은 말이 뇌리를 어지럽게 만들었다. 왜, 그때 녀석의 말을 좀 더 신중히 생각하지 못한 것일까. 세상에 절대가 없음을 왜 잊은 것일까.

쉴 새 없이 날아드는 전서구가 급박한 상황을 전해오고 있었다.

덜컹!

그 순간 문이 와락 젖혀지며 무사가 뛰어들어 왔다.

"활강시입니다!"

"뭣?"

"한 시진 후에 무한에 당도한다 합니다."

"저지해! 무슨 수를 써서라도 저지하란 말이다!"

상관책은 발악하듯 외쳤다.

'이럴 수가… 너무 빠르다.'

언젠가는 배화교와 한번 맞부딪치리라고 생각했었다. 하지만 이것은 너무 빠르지 않은가. 더욱이 전설로만 전해지는 활강시가 실재할지는 꿈에도 상상하지 못했다.

*   *   *

"으음……."

지여선은 질렸다는 표정이다. 그럴 수밖에 없는 것이 눈앞에 펼쳐진 것은 깎아지는 듯한 절벽이었다.

"여기 뭐예요?"

한산은 무뚝뚝한 표정으로 입을 열었다.

"길."

"이게요?"

분명 길이기는 하다. 조금만 헛디디면 바로 밑으로 떨어져서 문제지. 성인 남자 두 명이 간신히 건널 수 있을 정도의 좁은 길은 험준하기 그지없었다.

절벽 밑을 힐끗 내려다본 지여선이 이마를 짚었다. 까마득한 낭떠러지에 정신이 아득해졌다.

"이, 이런 길 못 가요, 난."

온몸을 바들바들 떠는 자세가 제대로 서 있기조차 힘든 듯보였다. 적연은 한숨을 내쉬었다.

"고소공포증인가?"

지여선은 고개를 끄덕였다.

뚝… 뚝…….

"얼씨구? 울기까지 하네?"

이제 지여선은 굵은 눈물을 뚝뚝 떨구기까지 했다. 미친개가 슬며시 지여선에게 다가섰다.

"결국 너도 여자구나."

"흑!"

미친개의 따뜻한 마음이 느껴져서였을까. 지여선이 미친개의 가슴에 얼굴을 묻고 훌쩍거리기 시작했다. 미친개는 혼란스러웠다. 언제 지여선이 자신에게 이렇듯 약한 모습을 보여준 적이 있던가.

왠지 기분이 묘해졌다.

'좋은 냄새.'

향기로운 내음까지 미친개의 콧가를 찔렀다. 어쩔 수 있나. 미친개는 지여선의 등을 부드럽게 토닥여 주며 달랬다.

"괜찮아. 무서워할 필요 없어."

"고마워. 흐흑."

적연은 그 모습을 바라보다가 고개를 내저으며 입을 열었다.

"넌 선아를 데려가라."

"예?"

적연의 말에 미친개가 눈을 동그랗게 떴다.

"데려가."

"형님은요?"

"막아야지."

"무리예요, 형님."

적연은 고개를 저으며 희미한 미소를 지었다. 그것은 율무극 역시 마찬가지였다.

절벽에 좁디좁은 길, 그리고 한쪽은 낭떠러지. 적의 공격 방향은 정면으로 한정될 수밖에 없다.

적연은 흐트러진 머리를 정돈하며 입을 열었다.

"아니야, 딱 좋아."

막기 딱 좋다는 한산의 말대로였다.

"어서 가라."

"혀, 형님."

미친개는 주저하고 있었다.

"어서."

"형님, 꼭 살아서 봐요."

적연은 피식 웃었다.

"내가 누구라고 했지?"

"적연."

"이름 말고."

"그, 그러면?"

"대막에서 나를 뭐라 불렀지?"

미친개의 표정이 굳어졌다.

"붉은 이리, 적랑."

적연은 고개를 끄덕이더니 혁낭에서 한 뭉치의 가죽주머니를 꺼내 던져 주었다.

철컹!

묵직한 쇳소리는 분명 돈이었다.

"한산에게 전해라. 정착금으로 쓰라고."

그것으로 끝. 할 말은 없었다. 미친개가 지여선을 부축해 한산의 뒤를 쫓았다.

이내 미친개와 지여선의 모습이 희미해졌을 무렵 적연과 율무극이 천천히 걸음을 옮겼다. 그리고 한곳에 발걸음을 멈췄다.

"이곳이 좋겠군."

절벽길답게 굴곡이 심했고, 적연과 율무극은 오르막길에 섰다. 둘은 위를 선점한 셈이었고, 적은 밑에서 위로 올라올 수밖에 없다.

싸움에 있어 지리적 이점은 큰 힘이 된다. 특히 수적으로 불리할 때는 더욱 그렇다.

"그건 그렇고, 여기는 정말 멋지군."

적연은 주위를 둘러보았다.

까마득한 낭떠러지에는 희뿌연 안개가 꽉 들어차 있었다. 그리고 그 안개들을 뚫고 칼로 쳐낸 것마냥 뾰족한 봉우리들이 솟구쳐 있었다. 그야말로 장관이다.

광활한 운해와 기암으로 이루어진 봉우리. 그리고 기암절벽 이곳저곳에 불안하게 자라난 소나무들은 한 폭의 풍경화를 보는 듯했다. 아니, 이를 어찌 화폭에 담을 수 있겠는가. 인간으로서는 감히 상상조차 할 수 없는, 그야말로 자연이 만들어낸 예술 작품이다.

"태어나서 처음 보는 멋진 풍경이다."

"이 늙은이 역시 마찬가지입니다."

이윽고 두 사람의 시선이 자신이 왔던 길 쪽으로 향했다.

희미하지만 두 사람은 똑똑히 느낄 수 있었다. 몸에 전해져 오는 이 진동을 말이다.

"왔군."

"그렇습니다."

적연은 피식 웃으며 검자루에 손끝을 갖다 댔다.

차갑다.

아버지인 적운이 사용했던 적혈검이 적연의 손에 쥐어졌다. 그 순간이었다.

우웅!

"…울고 있어."

적혈검이 미세하게 떨리고 있었다. 적연은 히죽 웃었다.

"마치 어서 뽑아달라는 것 같군."

"아."

적연의 말을 듣던 율무극이 눈을 동그랗게 뜨며 입을 열었다.

"가주님께서도 그런 이야기를 하시고는 했지요."

"어서 뽑아달라는 것 같군."

큰 싸움을 앞뒀을 무렵 적운이 가끔 적혈검을 쓰다듬으며 했던 말이었다. 율무극은 부드러운 미소를 지었다.

"그리고 그 말씀을 하셨을 때는 언제나 저희가 승리했지요."

"그런가?"

적연의 입가에 미소가 번졌다.

"그렇다면 내가 만용을 부린 것은 아니란 말이군? 좋아, 아주 좋아."

적연은 적혈검의 검자루를 쥐었고 울림은 더욱 커져만 갔다.

미친개와 지여선은 맨 선두에서 걷고 있던 한산을 발견했다.

"이봐."

"뭐지?"

한산이 미친개를 발견하고는 잠시 발걸음을 멈췄다. 선두가 멈추자 낭인촌의 사람들 역시 마찬가지가 되었다. 한산은 손짓을 하며 마을 사람들을 재촉했다.

"여러분은 어서 가십시오. 곧 뒤따르겠습니다."

그제야 행렬이 다시금 이동을 시작했다. 한산은 미친개를 바라보며 양손을 허리에 얹었다.

"무슨 일인가? 난 지금 바빠."

"여기."

미친개가 적연이 준 돈주머니를 건넸다.

"형님이 정착금으로 쓰라더군."

"……"

한산이 입술을 꽉 깨물었다. 미친개는 눈을 부라렸다.

"어서 받아."

"고맙다."

결국 한산은 정착금을 받을 수밖에 없었다. 미친개는 입술을 꽉 깨물었다.

"이건 알아둬. 형님은 자신이 위험할 것을 알고도 황산에 오셨어. 왜인지 알아?"

"……."

"너희들이 위험할 수도 있으니까."

미친개는 지여선을 데리고 한산을 지나치며 말을 이었다.

"넌 형님한테 그러면 안 됐어."

툭.

한산은 고개를 떨궜다.

미친개는 고개를 돌려 한산의 뒷모습을 바라보며 입술을 삐죽였다.

"나쁜 놈."

멈칫!

순간 미친개의 부축을 받아 걷고 있던 지여선의 발걸음이 뚝 멈췄다.

"왜 그래?"

"왜 멈췄지?"

"응?"

지여선의 말대로 마을 사람들의 이동이 멈춰 있었다. 미친개는 고개를 갸웃거리며 맨 선두로 달려나갔다. 그리고,

"헉!"

미친개가 헛바람을 삼켰다. 그것은 눈앞에 서 있는 한 사람 때문이었다.

"오래간만이로군."

등에는 거대한 궁을 든 노인이 미친개를 보며 미소를 짓고 있었다.

"보아하니 내가 잘 찾아왔나 보구나. 허허."

"구, 궁귀……."

노인은 바로 궁귀 조형이었다.

"휘유."

적연은 휘파람을 불며 눈앞의 적들을 바라보았다.

"세상일이란 참으로 모를 일이군요."

"그래."

율무극의 말에 적연이 고개를 끄덕이며 입을 열었다.

"날 토벌하러 온 이들이 지법사자라니."

적연이 오대가신가문을 멸할 때 직접 이끌었던 지법사자들이 검을 곧추세우고 있었다. 그들의 복장도, 기세도 그때와 같았지만 한 가지 다른 것은 상대가 반대가 된 것이다.

지법사자들을 통솔했던 적연을 향해 검날을 세운 것이다.

또한 지법사자의 앞에 선 사내.

흉측하게 일그러진 얼굴로 적연을 향해 눈을 번뜩이고 있는 사내.

이 또한 낯익은, 아니, 아주 잘 아는 자였다. 그의 얼굴을 저렇게 만들어놓은 것은 적연 자신이었으니까.

상관책이 자신의 환갑연에 주최한 비무대회에서 만났었다.

"이름이 묵초풍이라 했던가?"

"그래."

그는 바로 악주묵가의 묵초풍이었다. 분명 오대가신가문을 멸할 때 천삼백에 이르는 사병들과 도망쳤다 들었다.

적연은 피식 웃었다.

"결국 그리된 것이로군."

상관책이 자신에게 말했던 말은 모두 거짓이었다. 그들을 남모르게 빼돌린 것이다. 적연을 팽할 때 쓸 도구로 남겨놓기 위해서 말이다.

"상관책이 뭐라 제시하던가?"

"묵가의 재건."

적연이 히죽 웃었다.

"그 약속이 지켜지리라 생각하나?"

"나에게는 선택의 여지가 없다."

묵초풍은 단번에 적연을 찢어 죽일 듯한 눈빛이었다.

"전군……!"

퉁!

순간 적연의 옆에 서 있던 율무극이 앞으로 튀어나갔고, 묵초풍의 양 눈썹이 위로 치솟았다.

"홍!!"

묵초풍의 입가에 경멸감 어린 미소가 번졌다. 율무극에 대해서는 알고 있었다. 한쪽 다리가 없으며, 양팔 역시 심맥이 끊어져 검을 쥘 수 없다.

그야말로 퇴물이 아닌가.

하지만 묵초풍은 말을 끝맺을 수 없었다.

푸악! 하는 소리와 함께 묵초풍의 머리가 잘리며 피가 솟구쳤다.

"……"

단 한 수였다.

율무극은 단 한 수로 묵초풍의 머리를 두 동강 내버렸다.

"아!"

적연의 눈이 크게 떠졌다. 분명 율무극은 오른쪽 다리가 없어 철로 된 봉으로 땅을 짚고 걸어다닌다. 적연은 땅바닥을 구르고 있는 긴 철 막대기를 바라보았다.

'그러면 저건 뭐지?'

또한 율무극의 다리를 지탱해 주고 있는 저 철로 된 것은.

'얇다?'

그렇다면.

"검?"

율무극은 적연에게 시선을 주며 미소를 흘렸다.

"제 다리 자체가 검입니다."

"그렇다면 저 철봉은?"

적연이 바닥을 구르고 있는 철봉을 가리켰다. 울무극은 어깨를 으쓱였다.

"하아!"

이제야 모든 것이 이해가 됐다. 애초부터 땅을 지탱하고 있던 철봉은 검집이었다.

"우와아!"

순간 무림맹의 무사들이 율무극을 향해 달려들기 시작했다. 율무극은 가볍게 몸을 띄우며 선두에서 달려든 녀석의 몸을 두 동강 냈다.

"처음에는 절망했습니다. 하지만……."

휘릭!

"으악!"

"어떻게든 되더군요. 그게 사람이란 존재입니다."

서걱!

"후후후… 하하하!"

뿌악!

적연은 크게 웃으며 달려드는 적을 발로 차 낭떠러지 밑으로 떨어뜨렸다.

"으아악!"

찢어지는 비명 소리가 조금씩 작아졌다. 적연은 검을 들어
경계를 취하는 한편, 적들의 무리 속에서 맹수처럼 날뛰고 있
는 율무극을 향해 외쳤다.

"율무극! 너무 파고들지 말라!"

"복명!"

푸하악!

그와 동시에 율무극을 포위하고 있던 무리들이 일순간 종
잇장처럼 찢겨져 나가며 피가 사방으로 퍼졌다. 율무극은 어
느새 적연의 옆에 와 있었다.

최대한 지리적 이점을 살리는 것이 좋다. 놈들이 약하다고
는 하나 이쪽에 비해 압도적인 숫자를 자랑하는 만큼 아직 전
세는 무림맹 쪽에 있었다.

"전세를 가져오자."

적연은 음습한 어조로 중얼거리며 검을 검집에 넣고 기운
을 밀어 넣기 시작했다.

덜덜덜덜!

검집에 들어간 검이 격렬하게 떨기 시작했다. 율무극은 감
격에 겨운 어조로 말했다.

"혈선강기!"

점점 밀어내는 힘이 강해지고 있었다. 적연은 한쪽 눈을 찡

그렸다.

"이 무공 이름이 혈선강기인가?"

"예."

적연은 눈살을 찌푸렸다.

"역시 아버지는 이름 짓는 재능이 형편없어."

투학!

검이 검집에서 튕겨져 나오며 검의 궤적에 따라 붉은 선이 생겨났다. 순간 선두에 서 있던 지법사자 한 명이 발악적으로 외쳤다.

"숙여!"

그들 중 몇 명은 적연을 따라 오대가신가문 토벌에 참여했었다. 그리고 악주묵가에서 적연의 혈선강기를 두 눈으로 보았었다.

붉은 선이 아름답게 허공에 새겨지고 있었고, 적연은 검을 휘둘렀다.

이글이글.

적연의 몸은 붉은 기운으로 덧씌워져 있었다. 그때 바닥에 몸을 웅크리고 있던 지법사자들이 고개를 빠끔히 들었다. 채 몸을 숙이지 못한 수백의 동료들이 붉은 선에 따라 잘려 나가고 있었다.

선에 걸쳐져 있는 모든 것은 잘려 나간다. 그것은 적연이 검을 휘두른 궤적 안에 있던 봉우리들도 마찬가지였다.

그그그!

꿍음을 내던 봉우리의 윗부분이 돌 부스러기와 함께 절벽 아래로 떨어져 내렸다. 검이 닿지는 않았지만 선에는 걸쳐져 있었으니까.

혈선강기는 반경 오십 장 안의 모든 것을 잘라 버린다. 애석하게도 잘린 봉우리들은 거리 안에 자리 잡고 있었다.

스스스.

이윽고 적연의 몸을 감싸고 있던 붉은 빛이 사라졌고, 선역시 사라졌다. 혈선강기의 효력이 떨어진 것이다.

"후우."

적연이 땀을 닦아내며 숨을 골랐다. 확실히 혈선강기를 사용하고 나면 묘하게 몸에 힘이 빠지는 기분이다.

그럴 수밖에 없는 것이 대기술이기 때문이다. 하지만 그 누구도 적연에게 쉽사리 접근하지 못했다. 바로 방금 전 수백 명의 동료가 일검에 죽는 모습을 목격했기 때문이다. 하지만 그들은 바보가 아니었다. 비록 쉽사리 접근을 못할지언정 공격할 방법은 얼마든지 있었다.

피비빙!

순간 적들의 뒤에서 무언가가 적연과 율무극을 향해 쏟아졌다. 바로 활이었다.

"빌어먹을!"

적연은 재빨리 뒤로 몸을 날리며 공격을 피했다. 그들은 효과가 있다고 생각했는지 다시 한 번 활을 쏴 올렸다.

이래서는 접근하기가 힘들다. 그때였다.

콰아아! 하는 소리가 귀 뒤에서 빠르게 접근해 왔고, 곧 적연을 지나쳐 무림맹의 무리에게 꽂혔다.

투학!

엄청난 소리와 함께 십수 명의 무사들의 배에 주먹만 한 구멍이 뚫려 엎어졌다. 이 상황에 적연이나 무림맹의 무사들이나 당황한 것은 마찬가지였다.

"활에는 활로 답하는 것이 인지상정."

그리고 들려온 귀에 익은 목소리.

적연이 몸을 돌렸다.

"아······!"

그곳에는 대궁을 들고 있는 궁귀 조형의 모습이 보였다. 그는 화살을 줄에 먹이며 차분한 어조로 입을 열었다.

"본래는 너를 죽이기 위해 왔지만······."

핑! 콰아아!

다시 한 번 일직선으로 쏘아져 나간 활이 엄청난 위력으로 무림맹의 무사들을 꿰뚫었다. 조형은 다시금 화살을 뽑아 들며 말을 끝맺었다.

"지금은 그럴 상황이 아닌 듯하군."

끼릭!

궁이 휘어졌다.

파앙!

엄청난 소리와 함께 활이 쏘아졌고, 예정되었던 것처럼 적들은 쓰러져 갔다.

꿀꺽.

그 어마어마한 위력에 율무극이 침을 꿀꺽 삼켰다.

"저자는 누구입니까?"

"궁귀."

"아!"

짧은 대답이었지만 율무극은 고개를 끄덕였다. 예전 무림을 쩌렁쩌렁하게 울리던 궁귀의 명성은 익히 들어 알고 있었다.

"과연 명불허전이로군요."

적연은 고개를 끄덕이며 한결 여유로운 표정을 지었다. 일단은 자신들에게 한층 유리한 상황이 된 셈이다.

파앙!

땅을 박차고 나간 적연이 적들과 맞부딪쳐 갔다.

쿵! 하는 소리와 함께 다섯 명의 무사가 적연의 몸에 부딪쳐 절벽 밑으로 떨어졌다. 하지만 적들의 저항도 필사적이었다.

분명 처음에는 두려움이었다. 하지만 전장의 분위기는 기이하다. 처음에는 현실 감각이 떨어진다.

공포심은 조금씩 줄어들고 알 수 없는 오기와 증오심이 증폭된다.

"개자식아!"

무림맹의 무사들은 언제부터인가 악귀로 변해 있었다. 아무리 죽어도 포기할 줄 모른다. 어찌 보자면 무모한 돌격이다. 하지만 끝도 없이 밀고 들어온다. 아무리 개개인의 무력이 압도적으로 강하다고는 하나 분명 한계는 있다.

"헉… 헉……."

율무극과 궁귀는 땀을 비 오듯 흘리고 있었다. 적연 역시 눈에 띄게 체력이 소진되었다. 눈앞이 어지럽고 금세라도 주저앉고 싶었다. 머릿속이 멍하고 본능에 따라 움직일 뿐이다.

적들이 들이닥치면 칼로 베고 발로 차 깨부순다.

이 단순한 반복.

체력이 모두 고갈돼 정신력으로 버티고, 그것마저도 극한까지 이르렀을 때에 느끼는 현상이었다.

무아지경.

그리고 어느 순간이었다.

'뭐지?'

무언가 알 수 없는 기이한 느낌이 뇌리를 지배하기 시작했다.

'그래.'

이 느낌은 처음이 아니었다. 오대가신가문이 보낸 혈사문의 살수들과 싸울 때 느꼈던 감정이다. 무언가에 취한 듯 자연스레 움직였었다.

'아니야. 그보다 더욱 예전에도 한 번은 느껴본 적이 있었
어.'

이내 기억이 났다. 그래, 무림맹에서의 그 검무 때 말이다.

그리고 그 순간이었다.

─적가는 좀 더 근원적인, 대자연의 기운을 받아들인다.

그렇다. 적가의 승법은 대자연의 기운을 인간에게 있는 일
곱 개의 입구를 통해 받아들인다. 그리고 수련이 깊어짐에 따
라 입구들이 활성화를 시작하고, 확장되며, 결국에는 하나로
합쳐진다.

"왜일까?"

왜 하필 이 순간에 그 말이 생각난 것일까. 그리고 급박한
이때에 승법을 시행하는 것일까.

"아!"

다 고갈되었다 생각했던 몸 안의 기운이 백회혈을 통해 쏟
아져 내려오기 시작했다.

─운용하는 것은 자신이되, 자신이 아니다.

그리고 승법의 구절 하나가 또 떠올랐다. 마치 기다렸다는

듯이 말이다.

'자신이되, 자신이 아니다… 라.'

처음에는 기운을 받아들일 때에 적혀 있었던 통로를 통해 흘려보냈다면 지금은 통제하지 않고 몸과 정신을 내맡겼다.

뚜둑!

몸 이곳저곳의 관절이 요동치기 시작한다.

혈관을 따라 흐르는 피의 흐름마저 느껴진다.

우웅!

적연의 눈썹이 꿈틀거렸다.

힘이다. 힘이 느껴졌다. 빈 물통에 물이 채워지는 것 같다.

'하지만 뭐지?'

좀 다르다. 이것은 평상시와 같은 그런 힘이 아니었다.

"피하십시오!"

그리고 귓가에 들려오는 외침에 적연이 고개를 뒤로 돌렸다. 물러선 채 놀란 표정으로 자신을 바라보고 있는 율무극의 얼굴이 보였다.

"위험하네!"

궁귀 역시 안타까운 외침을 토해냈다.

적연은 고개를 갸웃거리며 시선을 전방 쪽으로 돌렸다. 그리고 보았다.

자신을 노린 채 쏘아져 오는 수백 발의 화살을 말이다.

'뭐가 위험한 거지?'

의문스러웠다. 화살이 너무도 느렸기 때문이다.

전혀 위험스럽지도, 위협스럽지도 않았다.

너무도 느렸기에.

슬쩍.

적연은 가볍게 몸을 흔들며 맨 선두에서 날아오는 화살을 피한 뒤 검을 차분하게 좌우로 흔들며 느려 터진 화살비를 쳐내기 시작했다. 그뿐만이 아니라 앞으로 전진하기까지 했다.

현재의 적연에게는 전혀 어려운 것이 아니었다.

촤아앙…….

검면에 맞아 옆으로 비껴 나간 화살이 땅에 박히며 모래가 튀어 올랐다.

모래 알갱이 하나하나가 허공으로 튀는 모습이 적연의 눈에는 똑똑히 보였다.

"아…….."

어느새 적연의 눈에 경악스런 표정의 무사들이 보였다. 왜지? 그들은 왜 저러한 표정을 짓고 있는 것일까?

의문도 잠시. 무사들이 검을 휘둘러 왔다.

'느리다.'

마찬가지다. 놈들의 공격은 너무 느리다. 어린아이들도 피할 수 있을 것 같지 않은가.

휘이이잉!

공기의 저항에 맞닿은 적들의 검날이 휜 채로 적연을 향해 베어 들어왔다.

적연은 본능에 따라 가볍게 몸을 숙이며 검을 피했다. 검을 휘두른 직후 훤히 드러나는 상대의 복부가 보인다.

스윽.

적연의 주먹이 천천히 놈의 복부에 닿았다.

"허어억!"

아주 천천히 뻗었을 텐데 주먹에 맞은 녀석은 혀를 빼물며 땅바닥을 구르더니 절벽 아래로 떨어졌다. 이상했지만 개의치 않고 앞으로 걸어나가며 놈들을 한 명 한 명 때려눕히기 시작했다.

일격필살.

그 누구도 적연의 검을 피하지 못했고, 주먹질과 발길질은 정확하게 원하는 곳을 타격했다.

슈각! 콰콰콰콰! 뿌악! 콰직!

"아악!"

"크아악!"

쉴 새 없는 비명 소리가 황산의 대협곡을 수놓았다.

"이, 이게……."

율무극은 넋이 나간 표정으로 적연이 행하는 일방적인 학살극을 바라만 보고 있었다. 그것은 궁귀 조형 역시 마찬가지였다.

특히나 조형의 충격은 더욱 컸다.

"보, 보이질 않아."

시꺼먼 잔영이 적군 내부를 헤집고 다니는 것으로 보일 뿐이었다.

"아아⋯⋯."

조형의 얼굴에 감탄과 더불어 질투, 그리고 절망의 감정이 어지러히 묻어 나왔다.

"허허⋯⋯."

웃음이 터져 나왔다. 너무 강하다. 그것은 적연에 대한 감탄이었다.

처음 만났을 때만 해도 상대할 만은 했다. 분명 그때는 그랬다. 아직은 애송이 티를 벗지 못한 녀석일 뿐이었다.

"이래서야 어찌 이길 수 있겠는가."

그리고 뒤이은 말은 진한 질투와 절망을 머금고 있었다.

이길 수 없다. 이미 적연과 자신은 하늘과 땅만큼의 격차를 보이고 있었다.

덤벼봤자 결과는 이미 정해진 것이다.

그때 적연의 몸이 멈춰 섰다.

"후우⋯⋯."

짧은 한숨과 함께 적연이 뒤를 돌아보았다. 그의 뒤로 궁귀와 율무극을 제외하고 두 발로 땅을 딛고 있는 존재는 없었다. 적연은 정신을 차릴 수 있었다.

고작 숨 몇 번 들이켤 짧은 시간 동안 자신이 펼쳐 놓은 결

괴물이었다.

스윽.

적연이 고개를 돌려 무림맹의 무사들 쪽으로 시선을 주었다.

"으아악!"

놈들이 비명을 지르며 줄행랑치고 있다. 아무리 악에 받쳤다고는 하나 그것에도 한계가 있다. 압도적인 학살극에 질린 것이리라.

"후우."

적연은 희미한 미소를 지으며 궁귀와 율무극 쪽으로 걸음을 옮겼다.

더 이상 쫓을 필요는 없다. 이 싸움의 승패가 갈린 것이다.

"지치는군."

싸움이 끝나자 말할 수 없는 무력감이 밀려왔다. 단시간 내에 큰 힘을 받아들였고 쓴 탓일 게다.

몸도 그러하지만 정신적으로 너무도 피곤했다.

히죽.

힘없는 미소가 적연의 입가에 지어졌다. 머리가 멍했다.

'이제는 아무런 생각도 나질 않아.'

적연이 힘없이 걸어올 무렵이었다.

푸악! 하는 소리와 함께 도망치는 무림맹의 무리들을 뚫고 한 사람이 뛰쳐나왔다.

적연은 그 사실을 깨닫지 못하고 있었다.

"안 돼!"

순간 궁귀가 크게 외치며 뛰쳐나왔고, 적연은 눈을 동그랗게 떴다.

파바밧!

궁귀는 바닥에 고여 있는 진기를 모두 짜내 내달려 적연을 뛰어넘었다.

'어?'

적연은 지금의 상황을 이해하지 못한 채 궁귀가 뛴 궤적을 따라 고개를 들었다. 검은 장포가 흩날리며 적연의 시야를 벗어났다. 그리고 적연은 눈을 찡그렸다. 햇빛이 너무 따가웠기 때문이다.

"놈!"

화살이 모두 떨어진 궁귀가 검을 뽑아 들고 사내에게 맞부딪쳐 갔다.

푹!

'제대로 들어갔다!'

손에 감기는 느낌. 정확히 복부에 박혔다. 달려들던 사내의 고개가 푹 떨궈졌다. 볼 것도 없이 즉사다.

피식.

궁귀가 미소를 지으며 고개를 돌려 적연을 바라보았다.

"아직 무르구……."

덥석.

"……!"

그때 즉사했다고 생각한 사내가 왼손을 뻗어 궁귀의 손목을 움켜쥐었다.

"뭣!"

궁귀의 눈이 크게 치켜떠졌다. 말도 안 된다. 분명 즉사할 만한 상처가 아니었나?

그때 사내의 고개가 천천히 들려졌다. 분명 검이 복부를 파고들었음에도 불구하고 얼굴에는 한 점의 통증과 감정도 느껴지지 않는다. 그야말로 무심한 표정.

"이, 이게 무슨……!"

"뚫렸군."

사내가 나지막하게 중얼거리더니 앞으로 밀고 나왔다.

푹! 꽈직! 하는 소리와 함께 궁귀의 검이 사내의 등을 뚫고 나왔다. 그때 사내가 검을 쥔 오른손을 들었다.

푹!

"커헉!"

궁귀의 눈이 크게 치켜떠졌다. 사내의 검이 마찬가지로 궁귀의 복부를 꿰뚫었다.

"마, 말도 안 되는……."

쑤욱!

사내는 검을 비틀어 뽑아냈고, 궁귀의 양 무릎이 땅에 닿았다.

후두둑.

상처 부위에서 쉴 새 없이 피가 쏟아져 나온다.

점점 눈앞이 흐릿해진다.

'이대로 죽는가?'

그렇다. 이 출혈을 막을 수는 없다.

"허어……."

궁귀는 짧은 허탈성을 터뜨리며 고개를 돌렸다. 적연의 뒷모습이 보였다.

'왜지?'

자신이 의도한 바가 아니었다. 몸이 본능적으로 움직인 것이다. 왜 몸으로 공격을 막아주려는 것일까. 이제는 호신강기를 운용할 진기조차 남아 있지 않은 몸인데.

놈은 자신의 적인데.

'그렇군.'

고민은 찰나였다.

'난 저 녀석을 보고 싶은 것이었어.'

이제 막 만개한 신진고수가 어디까지 성장할 수 있는지를 말이다.

스윽.

왜일까. 갑자기 입가에 부드러운 미소가 지어졌다.

'다행이다.'

웃으면서 끝맺을 수 있다니 말이다.

털썩.

조형이 바닥에 엎어졌다.

"아⋯⋯."

적연의 눈이 크게 떠졌다. 조형의 입가에 걸린 미소는 지워지지 않았다.

"역, 역시⋯ 네 녀석⋯ 은⋯ 애송이⋯ 다."

"아아!"

적연의 얼굴이 일그러졌다.

"쳇."

그때 사내의 비틀린 음성이 들려왔고, 적연은 그쪽으로 시선을 주었다.

"운이 좋았다."

귀에 익은 목소리.

낯익은 외모. 그러나 절대 이곳에 서 있을 수는 없는 자.

"어떻게 살아 있나!"

놈은 죽었다. 그 누구도 아닌 적연의 손으로 직접 말이다.

무표정한 얼굴의 사내, 일월은 검을 비껴든 채 적연을 응시하고 있었다.

"날 아나?"

"뭣?"

적연의 눈이 크게 치켜떠졌다. 이게 무슨 소리란 말인가?

일월은 적연에 대해 아무것도 기억을 못하고 있었다. 일월은 숨을 거둔 조형 쪽을 힐끗 바라보았다.

"이 영감이 망쳤어."

궁귀에 대한 언급이 나와서일까. 적연의 얼굴이 일그러졌다.

"…이 영감의 목숨은 내 거였어."

이 혼란스러운 상황은 아무짝에도 쓸모가 없다. 놈은 살아 있었고, 궁귀는 적연 대신 죽었다.

뿌드득!

적연이 이빨을 갈았다.

투앙!

순간 적연이 튕기듯 일월을 덮쳐 갔다. 일월의 표정에는 변화가 없었다.

챵! 하는 소리와 함께 두 사람의 검이 맞부딪쳤다.

가가각!

검날과 검날이 힘을 겨루며 격렬한 마찰음이 터져 나왔다.

챵!

일월은 거칠게 검을 휘둘러 적연의 검을 튕겨내고는 천천히 낭떠러지 쪽으로 뒷걸음질쳤다.

"오늘은 때가 아니다. 현재의 내 전력으로는 널 죽일 수 없다."

일월의 걸음이 멈췄다. 그의 등 뒤로는 천 길 낭떠러지가 자리 잡았다.

"또 보자."

후웅!

말이 끝남과 동시에 일월의 몸이 절벽 밑으로 훅 꺼졌다.

"······!"

적연의 눈이 크게 떠졌다. 녀석을 뒤쫓아야 한다.

조형의 원수를 갚아야 한다.

"거기 서!"

"안 됩니다!"

금방이라도 일월을 따라 뛰어내리려 했지만 그럴 수가 없었다. 어느새 달려온 율무극이 적연의 몸을 부둥켜안았기 때문이다.

적연은 일월이 떨어진 낭떠러지를 바라보다가 절규했다.

"크아악!"

*   *   *

푸아악!

"크히히!"

해월천은 미친 듯이 웃으며 달리고 있었다. 앞을 가로막는 것들이 있지만 개의치 않는다. 아니, 놈들은 해월천을 막을 수 없었다.

그리고 저 멀리 무한의 성벽이 보인다.

"히익?"

해월천의 고개가 갸웃거려졌다. 성 밖이 대낮처럼 환했다. 잠시 안광을 돋운 것도 잠시 입가에 잔혹한 미소가 번졌다. 엄청난 수의 먹잇감들이 횃불을 밝힌 채 진영을 갖추고 있다.

"크으으으!"

맹수가 으르렁거리듯 목젖을 울리며 주위를 살폈다. 일견 보기에도 엄청난 숫자다.

뭐, 문제될 것은 없다. 앞을 막아서면 죽이면 된다. 이놈들은 너무도 약하다.

"크히히!"

해월천은 해맑게 웃으며 놈들을 향해 내달렸다.

그리고 그날, 단 한 명의 활강시가 무림맹 전체와 맞부딪쳤다.

광명우사는 텁수룩해진 수염을 손등으로 매만지며 한창 싸움이 진행되고 있는 전장을 바라보았다.

무림맹은 활강시가 무한 성내에 진입하지 못하도록 전력을 성문 바깥에 집중시켜 놓았다. 일반 시민들에게 피해가 가도록 할 수는 없었을 테니까.

일 대 수천의 싸움. 어찌 보자면 결과는 누구나 유추할 수 있는 것이었지만 현실은 그렇지가 못했다.

놀랍게도 활강시가 놈들을 추풍낙엽처럼 쓰러뜨리고 있다.

"크흠……."

녀석에게는 거칠 것이 없었다. 눈에 보이는 모든 것을 찢어발기고 있었다. 무림맹의 녀석들은 해월천에게 제대로 된 저항도 하지 못한 채 속수무책으로 당하고 있었다.

도검불침에 인간을 초월한 절대적인 힘. 그 누가 막아설 수 있겠는가.

"슬슬 움직여 볼까?"

해월천이 방어선을 뚫는 데는 반 시진이면 충분하리라. 광명우사와 선발대는 해월천이 부딪쳐 혼란스러운 틈을 타 무림맹으로 침투해 들어갈 생각이었다.

중요한 것은 수뇌부, 정확히 말하면 상관책 그자다.

놈만 없앤다면 정파무림은 공황 상태에 빠질 것이고, 싸움에 있어 커다란 이점을 얻게 될 것이다.

어차피 지금은 해월천 하나를 막는 데 온 힘을 기울이고 있는 상황. 다시없을 기회였다.

第三十三章

정과 사, 그리고 야율뇌풍

龍
劍風

무림맹 수뇌부는 혼란스럽기 그지없는 상황이었다.

"이게 말이 되는가! 이천의 정예 무사들이 고작 한 명의 강시 나부랭이를 못 막다니!"

상관책을 비롯한 수뇌부는 거의 반쯤 정신이 나간 상태였다. 지금의 상황을 믿을 수가 없었다. 아무리 전설로만 전해지는 활강시지만 이럴 수가 있느냔 말이다.

"맹주님, 대피 준비를 하셔야 할 것 같습니다."

"웃기는 소리!"

상관책은 콧방귀를 꼈다. 아무리 상황이 악화되었다고 해도 무림맹주가 도망친다는 것은 있을 수 없는 일이다.

콰앙!

"큰일 났습니다!"

그와 동시에 황급히 대전 안으로 한 무사가 뛰쳐 들어왔다. 상관책의 얼굴이 일그러졌다.

"이번에는 또 무슨 일인가?"

"배화교입니다!"

"뭣!"

아직 방어선이 뚫렸을 리 없다. 하지만 뒤이은 말에 상관책을 비롯한 수뇌부들의 얼굴이 딱딱하게 굳어졌다.

"삼십여 명의 배화교도들이 맹 내에 진입했습니다!"

쾅!

상관책이 탁자를 세게 내려치며 몸을 벌떡 일으켰다.

"허어!"

결국 활강시는 이쪽의 이목을 끌려는 술책이었다. 정작 중요한 녀석들이 맹 내로 진입할 줄은 꿈에도 상상하지 못했다.

놈들의 목적은 뻔하다. 상관책 자신의 목을 치려는 것이다.

"맹주님! 대피하셔야 합니다!"

"어찌 내가 몸을 피할 수 있겠나!"

"지금은 그런 것을 따질 때가 아닙니다! 맹주님께서 잘못되시면 이 정파무림은 끝입니다!"

"크윽!"

상관책은 입술을 꽉 깨물었다. 원통하기는 하지만 틀린 말은 아니었다. 수뇌부 중 한 명이 무사에게 지시를 내렸다. 고작 내리는 명이라 봤자 상관책이 도망칠 시간을 최대한 벌라는 것 정도였다.

"이럴 수가! 이토록 허무할 수가."

기가 막힐 지경이었다. 어떻게 정파무림의 중추인 무림맹이 이토록 허무하게 당할 수가 있냔 말이다.

"맹주님, 어서!"

수뇌부들의 재촉이 이어지고, 상관책은 침통한 마음으로 대전을 나설 수밖에 없었다.

그 시각.

"헉헉!"

해월령은 황급히 내달리고 있었다.

"이게 무슨 난리지?"

현재의 해월령은 무한의 동문 쪽으로 이동하고 있었다. 무슨 일인지는 모르겠지만 서문 쪽에 무림맹의 무사들이 집결했다는 소식을 들었기 때문이다.

일단 지금 중요한 것은 무사히 무한을 벗어나는 것이다.

그렇게 얼마나 내달렸을까. 저 멀리 동문이 보이기 시작했다.

'다행이다.'

해월령의 입가에 안도의 미소가 번질 무렵이었다.

덥석!

"……!"

갑자기 누군가 해월령의 손을 잡아챘고 저항할 수 없는 힘에 속절없이 끌려갔다.

'여자?'

뒷모습만 보였지만 길게 흩날리는 머리와 체형으로 보아 여자임이 분명했다.

"악!"

해월령은 거칠게 밀려 골목가의 담벼락에 부딪쳤다. 여인은 힐끗 골목 바깥쪽을 바라보며 투덜거렸다.

"이게 무슨 난리람?"

흐트러진 머리를 매만지며 해월령에게 다가오는 여인은 낯설었다.

"해월령 맞지?"

해월령의 어깨가 한차례 크게 흔들렸다. 자신을 알고 있는 것이 확실하다. 하지만 아무리 보아도 생전 처음 보는 여인이다.

"다, 당신은 누구?"

조심스러운 해월령의 물음에 여인은 빙긋 웃었다.

"나? 난 수룡왕이라고 해."

해월령의 눈이 크게 치켜떠졌다. 수룡왕 허난경은 죽은 것이 아니었던가?

허난경은 빙긋 웃으며 해월령을 잡아챘다.

"일단 이곳부터 벗어나자."

파바밧!

허난경이 단번에 허공으로 날아올랐고 해월령은 속절없이 끌려가야만 했다.

무한을 벗어난 허난경은 두 시진을 달려서야 발걸음을 멈췄다.

"오늘은 노숙해야겠네."

허난경은 능숙한 솜씨로 불을 피웠다.

타닥. 타닥.

해월령은 살기 어린 눈매로 자신의 앞에 앉아 있는 수룡왕 허난경을 바라보았다.

무한을 막 벗어나기 전 허난경에게 잡힌 후 쭉 이 상태로 끌려 다니고 있었다. 간신히 서희에게서 도망쳤다 싶었더니 이번에는 허난경에게 또 잡혔다.

해월령의 감정을 지배하는 것은 분노였다.

"어째서 살아 있는 거죠?"

분명 적연의 손에 죽은 줄 알았다. 허난경은 어깨를 으쓱였다.

"난 본래 적가의 사람이었거든."

"훗……."

해월령의 입가에 냉소가 머금어졌다. 그렇게 된 것이었다.

'애초부터 적연의 손 위에서 놀아난 것이로군.'

뿌드득.

해월령이 이를 으득 갈았고, 그 모습을 바라보는 허난경의 입가에 차가운 미소가 지어졌다.

"…복수하고 싶니?"

멈칫.

뜻밖의 말이다. 해월령은 멍한 표정으로 허난경을 바라보았다.

"뭐 그렇겠지. 네 가문이 적연님께 박살났으니까."

잠시 말을 멈춘 허난경이 해월령에게 얼굴을 들이밀며 미소 지었다.

"복수는 복수를 낳는 법. 우리 적가를 멸문시킨 것 또한 너희들이야. 널 이 자리에서 죽일 수도 있어."

해월령의 표정이 차가워졌다.

"그럼 죽여요."

"싫어. 내 마음이야."

"치잇……."

"정확히 말하자면 아직은 안 돼."

웃는 낯으로 섬뜩한 말은 잘도 내뱉는다. 해월령의 얼굴이 굳어졌다.

"일단은 나하고 가자."

수룡왕은 빙그레 웃으며 몸을 일으켰다.

                *   *   *

무림맹에 닥친 재앙은 삽시간에 전 무림으로 퍼졌다.

활강시를 앞세운 배화교의 기습에 무림맹이 어이없이 당한 것이다. 그리고 이 엄청난 소식은 일월궁에도 재빠르게 전해졌다.

"현재 상황은 어떤가?"

백한로의 물음에 광명좌사가 심각한 표정으로 입을 열었다.

"현재 상관책은 호북을 떠나 안휘로 가고 있다 합니다."

"안휘라면 남궁세가인가?"

"아마도 그렇겠지요."

안휘에는 남궁세가라는 정파의 명문대파가 자리 잡고 있었다. 아마도 상관책은 그곳에 임시 맹을 설립할 것이다.

"흐음……."

백한로는 턱가를 매만지며 침음성을 삼켰다.

"이상해."

나지막한 한마디는 무겁게 대전을 울렸다.

예전, 무림맹주가 적연을 통해 일월궁에 서신을 보냈을 때 배화교의 분위기가 심상치 않다고 했다. 분명 예상은 했지만

이 시기는 너무도 일렀다.

뭐라고 할까. 의도하지 않은 우발적이란 느낌이랄까? 그런 기색이 너무도 짙다.

"천하의 배화교가 고작 오만? 더욱이 선두엔 활강시 한 구라니."

백한로가 아는 백무혁은 신중하고 안전을 중시하는 인물이다. 그런 그가 활강시를, 그것도 고작 한 명을 내세웠다는 것은 수긍할 수 없었다.

그 외에도 의심 가는 부분은 또 있었다. 그것은 바로 배화교의 현재 위치다. 정보부에서는 아직 배화교의 본진이 호북성에도 들어서지 못했다 했다.

활강시를 앞세웠다면 곧바로 뒤로 따라붙어 각개격파를 하는 것이 이치가 아니던가.

본진과의 거리가 너무 벌어진 것이 백한로의 의구심을 더욱 돋웠다.

"알 수가 없군."

백한로는 고개를 세차게 저었다. 어차피 모두 백한로의 추측일 따름이다. 하지만 지금 가장 큰 문제가 있다.

"잘하면 일월궁이 위험할 수도 있겠어."

그가 예상했던 대로 무림맹과 배화교가 정면으로 충돌을 했다면 별문제가 없었다. 서로 간에 싸우는 판에 일월궁에 시선을 돌릴 여지가 없을 테니까. 하지만 지금의 상황은 그리

녹록지가 않다. 배화교의 기습에 무림맹이 크게 휘청한 꼴이
되었기 때문이다.

이 기세를 살린 배화교가 일방적인 승리를 거머쥔다면 일
월궁으로 칼을 겨누는 것은 예정된 수순이다. 더욱이 일월궁
은 배화교에서 쫓겨 나온 백한로가 만든 문파, 그들의 입장에
서는 달가울 리 없다.

"선택을 해야 하겠군."

백한로의 말은 어두웠다. 시립해 있던 광명좌사는 부드러
운 미소를 흘리며 입을 열었다.

"전 교주님의 뜻에 따르겠습니다."

"…고맙네."

애써 미소를 지어 보이는 백한로였지만 씁쓸함이 묻어 나
오는 것은 어쩔 수가 없었다.

*   *   *

그 시각, 양지바른 곳에 궁귀를 묻어준 적연은 미친개에게
무림맹에 관한 소식을 들었다.

"무림맹이?"

"예. 난리가 났답니다."

적연은 턱가를 매만치며 침음성을 삼키다가 눈을 동그랗
게 떴다. 이제야 모든 사실이 명확해진 것이다.

"아직 내가 팽당할 시기가 아니라 생각했었는데… 과연 그렇게 된 것이로군."

"그건 그렇고……."

미친개는 궁귀의 묘를 바라보았다. 적연의 얼굴에 한가닥 그늘이 드리웠다.

왜 자신의 목숨을 버려가면서까지 구해준 것일까.

"…멍청한 영감."

마음에도 없는 모진 말을 내뱉은 적연이 고개를 들어 미친개를 바라보았다.

"우리도 가자."

적연은 걸음을 옮겼다. 일월의 무표정한 얼굴이 뇌리를 헤집었지만 짐짓 지워 버렸다.

어떻게 살아 있는 것일까? 따위의 의문점은 접었다.

적연은 힐끗 고개를 돌려 궁귀의 묘를 바라보았다.

"큭."

적연은 입술을 꽉 깨물었다.

"녀석의 체취는 기억해 두었나?"

미친개는 고개를 끄덕였다. 적연은 일월을 추적하려 하고 있었다. 물론 미친개의 후각을 이용해서다.

"미안하우, 영감."

적연은 다시 한 번 궁귀의 묘를 바라보았다. 추적하기 위해서는 놈의 체취가 필요했고, 가장 최후에 접촉한 궁귀의 몸에

서 찾아내야 했다.

시신에 해서는 안 될 짓이었지만 어쩔 수가 없었다.

"찾아."

"예."

적연의 명이 떨어짐과 동시에 미친개가 바닥에 코를 박고 일월의 체취를 찾기 시작했다.

"그리고."

적연의 시선이 향한 것은 지여선이었다.

"……?"

지여선이 고개를 갸웃거렸다. 적연은 가볍게 숨을 고른 뒤 입을 열었다.

"넌 이곳에 남아."

"에? 왜요?"

무슨 소리냐는 듯 물었지만 사실은 그럴 만한 이유가 있었다.

"마굴을 계속 파야 한다."

"하지만……."

"너 이외에는 할 수 있는 사람이 없어."

지여선은 입을 삐죽이 내민 채 불만에 가득 찬 표정을 지었지만 결국에는 수락할 수밖에 없었다. 사실 지금 여기서 제일 도움이 되지 못하기 때문이다.

"미안하구나."

적연은 지여선의 어깨를 한차례 두드려 준 뒤 미친개의 뒤를 따랐다.

*   *   *

남궁세가로 피신한 상관책은 발 빠르게 정국을 수습하려 노력했다. 그것은 애초 활강시와 배화교 본진의 거리가 너무 떨어져 있다는 백한로의 말과 같았다.

비록 활강시로 인해 크나큰 피해가 있기는 했지만 말이다.

남궁세가의 가주인 남궁천의 적극적인 지원이 컸다. 그의 입장에서는 이번 일은 기회이기도 했으니까.

사실 남궁세가는 이래저래 미래가 어두웠던 참이었다. 오대가신가문과 내통한 혐의로 수락한 봉문 조치 때문이었다. 그런데 이번 참사로 인해 일이 묻힌 것으로도 모자라 무림맹의 임시 지부가 되었다.

자연스럽게 봉문에 관한 이야기는 사라졌고, 이제 남궁세가는 정파무림의 중심이 되었다.

남궁천의 집무실에 모여 앉은 정파무림의 수뇌부들은 발 빠르게 의견을 모았고, 효과적인 방안들이 제시되었다.

상관책은 각지에 문서를 하달해 각 문파에 지원을 요청했다. 그런 발 빠른 대응은 배화교에 결코 좋은 소식이 아니었다.

"좋지 않군."

광명우사 역시 표정은 굳어져 있었다. 정보원에게 현 무림맹의 대응에 대해 들었기 때문이다.

"이미 곳곳에서 배화교에 대항하는 병사들을 일으키고 있다는 보고입니다."

"그렇군."

또 하나의 문제는 무림맹에 속해 있지 않은 문파들마저 배화교에 대항하기 위해 몸을 일으키고 있다는 점이었다. 아마도 이번을 기회 삼아 자신들의 이름을 날리기 위한 수작도 있겠지만 가장 큰 것은 활강시의 존재다.

활강시의 무차별적인 학살극에 사람들은 분노했다. 어찌 보자면 무림맹 이상으로 크나큰 골칫거리가 될 수도 있다.

"우리는 이곳에서 본진이 도착할 때까지 대기한다."

이 숫자로는 뭔가 제대로 된 일을 할 수가 없다. 그리고 마지막 문제.

"문제로군. 놈을 놓치다니."

무한에서의 난장판 이후로 활강시가 감쪽같이 사라진 것이다.

애초부터 통제가 불가능하기는 했지만 이렇듯 되어버리니 놈이 그립기까지 했다.

"도대체 놈은 어디로 사라진 거지?"

*　　　*　　　*

"크흠……."

배화교의 교주인 백무혁은 골치가 아팠다. 분명 이번 일은 무리수가 많았고 돌발적이었다. 그 점이 찜찜하다.

"현재 진척 상황은?"

"어제저녁 호북성에 들어섰다 합니다."

교주의 시중을 드는 사내가 차분한 어조로 입을 열었다. 고작 이제 호북성이란 말인가?

"크흠……."

백무혁은 침음성을 삼키며 양미간을 지그시 눌렀다.

"간격이 너무 벌어졌어."

좋지 않다.

똑똑.

그때 누군가 문을 두들겼고, 시종이 고개를 갸웃거리며 문밖으로 시선을 주었다.

늦은 시간에 누구일까.

"누군가?"

"……."

대답이 없다.

"이런 무례한……."

시종이 눈을 부라리며 문 쪽으로 뚜벅뚜벅 걸어갔다. 그리고 막 문고리에 손을 가져갈 무렵이었다.

"물러서라!"

백무혁의 외침에 시종이 멀뚱한 표정으로 고개를 돌렸다. 그와 동시에 문짝을 뚫고 검이 쑥 삐져 들어왔다.

"커헉!"

시종이 바닥에 털썩 쓰러졌고 백무혁의 얼굴에 처음 떠오른 것은 놀라움이었다. 하지만 분노로 바뀐 것은 찰나였다.

"모습을 보여라!"

끼이익.

말이 끝남과 동시에 문이 열리며 한 사내가 모습을 드러냈다.

"넌?"

"야율뇌풍이 교주님을 뵙습니다."

놀랍게도 사내는 야율뇌풍이었다. 백무혁이 입술을 꽉 깨물었다.

"여봐라!"

"불러봤자입니다."

"네놈이?"

"생각보다 수월하더군요."

야율뇌풍의 어조는 너무도 여유로웠고 백무혁은 기가 찰 노릇이었다.

"이러고도 무사할 줄 아느냐?"

"아마도 무사할 겁니다."

"이놈!"

"현재의 배화교는 빈 성이나 매한가지."

순간 백무혁의 눈이 크게 치켜떠졌다. 현재 배화교에는 기본적인 방어를 위해 상주한 무사들만이 남아 있었다. 말 그대로 싹싹 긁어모아 중원으로 내보낸 상태라 이거다.

"내가 의도한 대로 되었지요."

"무슨 소리냐!"

야율뇌풍은 어깨를 으쓱였다. 백무혁의 입가에 희미한 미소가 머금어졌다.

"하지만 본좌가 이 자리에서 네놈을 죽이면 어떻게 될까?"

"말씀드리지 않았던가요? 적어도 지지 않을 자신은 있습니다."

백무혁의 입가에 차가운 미소가 번졌다. 그는 턱가를 매만지며 고개를 끄덕였다. 확실히 그런 말을 하기는 했었다.

"그래, 네놈은 사람의 마음을 읽는다고 했었지?"

야율뇌풍은 빙그레 웃었다. 백무혁의 표정이 순식간에 싸늘하게 굳어졌다.

펄럭!

백무혁의 옷이 서서히 부풀어 오르기 시작했다. 싸움에 앞서 내력을 끌어올리는 것이다. 그는 야율뇌풍을 노려보며 입을 열었다.

"지지 않는다? 바꾸어 말하면 이길 수도 없다는 말이렷다?"

"저는 승산없는 싸움을 제일 싫어합니다."

"……?"

야율뇌풍이 반쯤 열린 문 쪽으로 시선을 주었다.

"키히히!"

그리고 들려오는 소름 끼치는 웃음소리에 백무혁의 눈이 크게 치켜떠졌다.

콰앙!

문이 박살나며 놈이 모습을 드러냈다. 샛노란 눈망울에 시퍼렇게 죽은 피부.

야율뇌풍은 여유롭게 뒤로 한 걸음 물러서며 입을 열었다.

"교주님께서도 잘 아시죠?"

"어, 어떻게……?"

놈은 배화교에서 도망쳤던 활강시 해월천이었다.

"어째서 이곳에 있을 수 있느냐!"

"애초부터 약선의 대법은 완벽했습니다."

"그, 그렇다면……!"

야율뇌풍은 고개를 끄덕였다. 입가에 걸린 미소가 더욱 짙어졌다.

"다시 한 번 제 소개를 드리지요. 강시문의 이십오대 문주인 야율뇌풍이라 합니다."

"아!"

강시문은 모든 강시제조술을 창시한 곳이다.

"네놈들은 백 년 전에!"

"그렇지요. 멸문당했지요. 하지만 완벽하지는 않았습니다."

배화교는 점점 세력을 키워가는 강시문을 몰살시켰다. 아니, 완전히 제거했다고 생각했다. 그것이 백 년 전의 일이었다.

"그것이 네놈들의 실수다."

야율뇌풍은 징그러운 미소를 흘리며 말을 이었다.

"꽤나 쉽게 놀아나 주더군."

"크윽!"

그제야 모든 것이 이해되었다. 애초 활강시가 도주한 것과 그에 따라 정사대전을 앞당긴 것은 야율뇌풍의 의도였다.

작금의 이 모든 상황을 야율뇌풍이 조종한 것이다. 전설의 활강시 제조서가 배화교에 들어온 것조차도 말이다.

야율뇌풍은 해월천에게 시선을 주었다.

"키히히!"

해월천이 예의 그 징그러운 미소를 흘리며 백무혁에게 천천히 다가섰다.

"내가 승산없는 싸움은 싫어한다 했지? 이제는 어떤가?"

"크윽……!"

"크히히히!"

백무혁의 눈이 크게 치켜떠졌다.

"으아악!"

찢어질 듯한 비명 소리가 대전 안을 가득 울렸다.

그리고 잠시 후 야율뇌풍은 쭈그리고 앉아 백무혁을 내려다보았다.

"씨익… 씨익……."

백무혁은 바닥에 쓰러져 힘없이 숨을 내뱉었다. 야율뇌풍은 빙그레 웃었다.

"걱정 마. 아직은 널 죽이지 않아."

"씨익… 도, 도대체 무슨 속셈… 이냐?"

야율뇌풍은 백무혁의 볼을 툭툭 치며 몸을 일으켰다.

"다음 단계는 광명우사인가?"

*   *   *

"킁킁! 이곳입니다."

땅바닥에 코를 박고 일월의 체취를 맡던 미친개가 몸을 일으키며 앞으로 달려나갔다. 현재 적연 일행은 일주일째 일월의 뒤를 쫓고 있었다.

"대략 얼마나 따라붙은 것 같나?"

"냄새의 농도로 봐서는 하루 정도입니다."

하루라. 못 따라붙을 것도 없다. 적연은 턱가를 매만지다가 이내 결심을 내리고는 미친개에게 시선을 주었다.

"속도를 올리자."

"예? 하지만……."

미친개는 율무극을 힐끗 바라보았다. 미친개의 경공은 상당한 수준이다. 하지만 문제는 율무극이다. 한쪽 다리가 없는 탓에 경공을 시전하는 데 문제가 있었다.

어차피 추적을 위해서라면 미친개는 필히 대동해야 한다. 그렇다고 율무극 혼자 뒤따라오게 할 수도 없다.

"뒤따라오도록. 나와 이 녀석은 한발 앞설 테니."

"하지만……."

"현실을 직시해."

율무극은 고개를 푹 떨궜다. 일행에 누를 끼친 것 같았기 때문이다. 하지만 현실은 현실. 적연의 의지를 알기에 묵묵히 받아들였다.

"죄송합니다."

적연은 고개를 가볍게 끄덕인 뒤 미친개와 함께 엄청난 속도로 질주해 나갔다.

*　　　*　　　*

광명우사와 그의 수하들은 합비에서 서쪽으로 이백 리 정도 떨어진 육안에 자리를 잡았다. 그들은 이곳에서 남궁세가가 위치한 합비에 관한 정보를 수집하며 배화교의 본진을 기다렸다.

달빛이 구름 속에 묻힌 그날의 밤은 너무도 어두웠다. 그날따라 잠을 이루지 못한 광명우사는 산책을 위해 임시로 잡아 놓은 객점을 나서 거리로 나왔다.

"후우……."

숨을 쉬자 입김이 희뿌옇게 새어 나왔다.

"서늘해졌군."

광명우사는 옷깃을 여미며 천천히 걸음을 옮겼다. 그렇게 저잣거리를 막 지날 무렵이었다.

"음?"

광명우사의 눈가가 살며시 흔들렸다. 본능적으로 느낄 수 있었다. 누가 자신의 뒤를 밟고 있음을 말이다.

어느새 몸의 기운이 무겁게 가라앉았고 눈가는 번들거렸다. 무인의 본능이 위기감을 느낀 것이다.

탁탁탁.

광명우사의 발걸음이 빨라졌다.

스윽.

그의 발걸음이 멈춘 것은 인적이 드문 골목길이었다.

"모습을 드러내라."

뚜벅. 뚜벅.

무거운 발걸음 소리와 함께 한 사내가 모습을 드러냈다. 녀석은 어둠 속에 묻혀 있어 형체만 보일 뿐이었다.

'음?'

광명우사가 고개를 갸웃거렸다. 무언가 낯익다는 생각이 들었기 때문이다.

의문은 머지않아 풀렸다. 바로 놈의 체형이다. 그때 구름이 흩어지며 달빛이 비춰졌다.

"억!"

광명우사는 저도 모르게 숨을 삼켰다.

"마, 말도 안 된다······."

있을 수 없는 일이다. 죽은 일월이 자신의 눈앞에 서 있다.

일월은 분명 죽었다. 차갑게 식은 제자의 얼굴을 매만지지 않았던가.

뚜벅. 뚜벅.

일월은 특유의 무표정한 얼굴로 광명우사에게 다가왔다. 아무리 보아도 살아 있다. 설마 착오가 있었던 건가? 하지만 의문은 둘째 치더라도 현재 광명우사에게 중요한 사실은 일월이 살아 있다는 점이다.

"살아 있었구나."

광명우사의 얼굴에 서서히 미소가 번졌다. 어느새 코앞까지 당도한 일월이 입을 연 것은 그 순간이었다.

"날 아나?"

스윽.

일월의 소매 밑으로 단도가 삐져 나왔다. 그것을 알 리 없는 광명우사는 눈을 끔벅였다. 당혹스러웠기 때문이다.

"무슨 소리를……?"

푹!

채 말을 끝맺기도 전에 일월의 손에 들린 단도가 광명우사의 가슴에 꽂혔다.

"커헉!"

털썩.

광명우사가 바닥에 주저앉았다. 검을 맞은 가슴팍은 이미 피로 물들었다. 하지만 아픔보다 더욱 앞선 것은 당혹스러움이었다. 도대체 무슨 일이 일어난 것인가.

광명우사가 검상 부위를 손으로 움켜쥐며 일월을 올려다보았다.

"이, 이게 무슨……."

스윽.

일월은 대답 대신 검을 치켜 올렸다. 이번 공격으로 끝장을 내겠다는 심산이었다.

피잉!

일월의 검이 수직으로 떨어져 내렸지만 광명우사는 멍한 표정만을 짓고 있을 뿐이었다.

그야말로 절체절명의 순간!

콰앙!

엄청난 타격음과 함께 일월이 앞으로 십여 장이나 굴렀다. 그와 동시에 광명우사가 제정신으로 돌아왔다. 그는 크게 치켜뜬 눈으로 눈앞에 선 한 사내를 발견했다.

"너, 너는……?"

일월을 발로 후려갈긴 것은 다름 아닌 적연이었다.

"흥."

적연은 콧방귀를 뀌며 성큼성큼 광명우사를 지나쳐 갔다.

퍽!

적연은 널브러져 있는 일월의 옆구리를 냅다 차버렸다. 일월이 바닥을 쓸며 쭉 밀려 나가 담벼락에 부딪쳤다.

쩍! 하는 소리와 함께 일월이 부딪친 담벼락에 금이 갔다.

뚜벅뚜벅.

적연은 일월의 목덜미를 잡아끌어 올렸다.

번쩍!

그와 함께 일월의 손에 들린 비도가 휘둘러졌다.

펄럭! 하며 적연의 옷이 베어졌다. 본능적으로 피한 덕에 피는 보지 않았지만 결과적으로 적연의 화를 더욱 돋워놓는 꼴이 되었다.

뿌드득.

적연은 이빨을 으득 갈며 일월을 땅바닥에 메다꽂았다. 순간 일월은 한 손을 뻗어 땅을 짚은 다음 그 탄력을 이용해 다리를 채찍처럼 휘둘렀다. 일월의 발등이 정확히 적연의 관자놀이를 향했다.

터엉! 콰득!

순간 적연의 반탄지기에 막힌 다리가 기이한 각도로 꺾였다. 부러진 것이다. 적연의 입가에 차가운 미소가 번졌다.

"이것마저 잊었나!"

콰앙!

적연의 일권이 일월의 턱에 작렬했다.

"내공을 실은 공격이 나에게 통하지 않음을!"

으적! 콰당!

바닥에 널브러진 일월은 몸을 움찔거리며 일어나기 위해 애썼다. 하지만 몸이 따라주지 않았다. 이미 충격이 몸 전체에 축적되었기 때문이다.

통증을 느끼는 감각 기관이 죽었을 뿐 그 외에는 보통의 인간과 다를 바 없다.

"아직 안 끝났어."

적연이 성큼성큼 일월과의 거리를 좁히며 재차 공격을 가했다. 일월은 그야말로 속수무책으로 적연에게 당하고 있었다. 악에 받친 공격은 쓰러질 시간조차 아까운 듯 거세게 몰아쳐졌다.

쩍!

일월의 가슴팍에 적연의 손바닥 자국이 움푹 파이며 뒤로 나뒹굴었고, 일방적이고도 거센 공격의 마침표를 찍었다.

"쿨럭! 쿨럭!"

일월은 피를 게워내며 바닥에 대 자로 뻗어 있었다. 이미 몸은 통제를 벗어나 있었고 승부는 났다. 그것은 적연 역시 알고 있었다.

"세 번째다. 내가 네 가슴뼈를 박살 낸 것이."

공교롭게도 그러했다. 이번을 합한다면 일월과 적연이 맞부딪친 것은 세 번째였고 그때마다 일월의 가슴뼈는 박살났다.

"넌 그때 분명히 죽었었다."

"쿨럭! 쿨럭!"

일월의 눈빛이 점점 죽어가고 있었다. 검붉은 피가 그 증거였다.

스르릉.

적연은 검을 뽑아 들며 입을 열었다.

"너와의 악연. 이만 끝내도록 하자."

순간 그 광경을 바라보던 광명우사가 눈을 크게 치켜떴다.

서걱!

통, 통… 데구루루.

잘린 머리통이 땅바닥을 굴렀다. 이것으로 끝이다.

적연은 일월의 머리를 내려다보았다. 입가에 씁쓸한 미소가 걸린다.

"죽을 때까지도 무표정한 얼굴이라……."

놈답게 죽었다.

"후우."

적연은 한숨을 내쉬며 고개를 돌렸다. 멍한 표정의 광명우사는 상처를 지혈할 생각도 하지 못한 채 일월의 시신을 뚫어지게 쳐다보았다.

"…죽었어?"

아직 현실을 받아들이고 있지 못한 것 같다. 적연은 굳은 표정으로 광명우사를 지나쳤다.

"멈춰."

척.

적연은 발걸음을 멈추고는 고개를 살짝 돌렸다.

"무슨 볼일이지?"

"녀석은… 내 제자였다."

광명우사의 어조에는 숨길 수 없는 침통함이 묻어 나왔다. 비록 스승에게 공격을 가했지만 일월은 광명우사의 제자다.

그것도 단 하나뿐인.

"기필코 복수하겠다."

"…마음대로."

적연은 대수롭지 않게 대답하고는 멈췄던 발걸음을 옮겼다.

"형님, 왜 내버려 두셨어요?"

바깥에서 기다리던 미친개의 물음에 적연은 고개를 돌렸

다. 양어깨가 축 늘어진 광명우사의 뒷모습이 보인다.

"오늘은 아니야."

"에? 하지만 지금이 아니면⋯⋯."

"따라와."

이해하지 못하는 것은 당연했다. 적연 역시 구차하게 뭐라 덧붙이고 싶지는 않았다.

그냥 그러고 싶었으니까.

단지 그뿐이다.

적연과 미친개가 어둠 속으로 사라지고 반 시진가량이 지났을 무렵이었다.

"광명우사님!"

교도들이 돌아오지 않는 광명우사를 찾아 나선 것이다.

"괜찮으십니까?"

"헉! 상처가 심하시다!"

무사히 발견했다며 안도한 것도 잠시였다. 바닥에 널브러져 있는 시신과 상처를 입은 광명우사로 인해 한바탕 소란이 일어났다.

"소란 피우지 마라."

광명우사는 나지막이 말하며 몸을 일으켰다. 상처가 깊기는 하다. 손가락 한마디 정도만 옆으로 들어갔으면 지금쯤 숨을 쉬고 있지 못하리라.

운이 좋았다.

"아무래도 난 교로 돌아가 봐야 할 듯하다."

지금은 상처를 수복할 때가 아니었다. 이게 어떻게 된 일인지 알아보는 것이 먼저다.

*　　　*　　　*

그와 같은 시각, 대전 안에 앉아 있던 야율뇌풍은 감았던 눈을 번쩍 떴다.

"죽었군."

느껴지던 하나의 생명이 꺼졌다.

일월이다.

"실패했군."

일월과 이어진 의식을 통해 상황을 모두 지켜보던 야율뇌풍이 혀를 끌끌 찼다.

"쯧. 역시나 쓸모없는 놈이었군."

적어도 둘 중 하나는 처리할 줄 알았건만 이렇게 되어버렸다. 어차피 상관없다.

어차피 놈은 곧 죽을 테니까.

*　　　*　　　*

다음날 율무극이 합류하고 적연 일행은 동쪽으로 가기 시작했다. 현재 상황이 어떻게 돌아가는지 알아봐야 했고, 기회이기도 했다. 상관책에게 한 방 먹이기에는 말이다.

다행히 미친개가 주요한 정보를 알아왔기에 현재 무림맹이 남궁세가에 임시 지부를 설치한 것을 알 수 있었다.

"일단 상황을 주시하도록 하자."

언젠가는 가야 할 곳이다. 하지만 급하게 가고 싶은 생각은 없었다. 머지않아 배화교와 무림맹이 충돌을 일으킬 것이고, 적연이 노리는 것은 그때였다.

적연의 예상은 얼마 지나지 않아 들어맞았다.

배화교의 본진은 거칠 것이 없었다. 이미 무림맹의 주력은 안휘로 넘어가 있었고 남은 것은 제갈세가 정도였다. 그나마도 제갈세가주를 비롯한 정예 무사들은 그쪽으로 합류한 채였다.

"으아악!"

"아악!"

융중산 중턱에 위치한 제갈세가에 삼천의 배화교 별동대가 들이닥쳤다. 싸움의 결과는?

볼 것도 없이 제갈세가 안은 순식간에 피로 물들었다. 배화교의 일방적인 학살극이었다. 그들은 마음껏 제갈세가를 유린하고 건물들을 불태워 버렸다.

불과 한 시진이라는 짧은 시간으로 제갈세가는 흔적조차

남기지 못한 채 사라졌다.

간단하게 제갈세가를 처리한 별동대는 본진과 합류해 안휘를 향해 진군하기 시작했다. 물론 무림맹도 보고 있지만은 않았다.

배화교의 본진을 안휘로 들여보낼 수는 없었다.

무림맹은 안휘로 통하는 관도 대로에 자리 잡은 영산에 전력의 팔 할을 모아놓았다. 그뿐만이 아니었다. 하남에서는 소림사의 무승 이천오백이 남하하고 있었고, 청해의 곤륜, 사천의 아미, 당문, 청성이 각 이천씩의 지원군으로 배화교의 뒤를 점했다.

형세로 따지자면 배화교의 징벌군은 사방이 포위된 상태나 매한가지였다. 더욱이 수적으로도 무림맹은 배화교와 해볼 만한 수치까지 도달한 상태. 이제야말로 진검승부를 펼칠 때가 다가오고 있었다.

배화교 역시 그 점을 걱정하고 있었다. 어떻게든 끌어 모아 추가 병력을 내려 보내야 함이 옳지만 웬일인지 교주는 아무런 명을 내리지 않고 있었다.

결국 참다못한 장로들이 모여 교주전으로 갔다.

"이보시게들?"

장로 중 가장 연배가 높은 한중천의 부름에 다른 장로들의 시선이 일제히 그에게 쏠렸다. 한중천은 턱가를 매만지며 이상하다는 표정으로 입을 열었다.

"뭔가 이상하지 않은가?"

"뭐가 말씀이십니까?"

"마땅히 있어야 할 호법들이 보이질 않아."

듣고 보니 그러했다. 교주전을 지켜야 할 호법들이 전혀 보이질 않았다. 뒤에 서 있던 장로 한 명이 노한 표정을 지었다.

"이상하군. 교대 시간인가?"

"아이들이 좀 해이해진 것 같습니다."

"따끔하게 이야기를 해놓겠습니다."

장로들이 저마다 한마디씩 하며 교주전의 문을 두들겼다. 뒤이어 안쪽에서 쇠 긁히는 소리가 흘러나왔다.

"누군가?"

"장로인 한중천이외다."

"들어오시오."

끼이익.

문을 열고 장로들이 교주전 안으로 들어갔다.

'싸늘하군.'

한중천의 낯빛이 굳어졌다. 왠지 싸늘한 기운이 몸 전체를 찌르는 듯했다. 더욱이 교주전 안은 어두웠다.

"날이 저물었건만 왜 불은 안 켜놓으셨소?"

어두운 대전 안 교주의에 누군가가 앉아 있었다. 빛이 들지 않아 얼굴은 볼 수 없었지만 필시 교주인 백무혁이 분명하다고 생각했다.

한중천의 물음이 있었지만 대답은 들려오지 않았다. 장로들은 고개를 갸웃거렸다. 뭔가 심기가 좋지 않은 모양이라 생각했다.

장로들이 제일 연장자인 한중천에게 시선을 주었다.

"본론부터 이야기하리다. 현재 본진의 상황은 그리 낙관적이지가 않소이다. 자칫 잘못하다가는 사방에서 포위될 형상이오. 어떻게든 결단을 내려야 하지 않겠소?"

역시나 대답은 들려오지 않았고 장로들의 얼굴에 노기가 일어서기 시작했다. 아무리 교주라 한들 장로들을 앞에 두고 이런 무시는 있을 수 없다.

"왜 대답이 없으시오?"

뚜벅뚜벅.

대답 대신 교주의에 앉아 있던 사람이 몸을 일으켜 장로들 쪽으로 걸어왔다. 그리고 창문을 통해 비추는 한줄기 빛 속으로 얼굴이 드러났다.

"헉!"

"네 이놈!"

장로들은 노호성을 터뜨렸다. 교주의에 앉아 있던 자는 백무혁이 아닌 야율뇌풍이었다.

교주의에 앉을 수 있는 것은 교주 한 명뿐이다. 야율뇌풍의 이런 행동은 배화교를 능멸한 것이나 마찬가지였다. 절대로 묵과할 수 없다.

있을 수 없는 일이기 때문이다.

"그만들 하시게."

과도하게 격양된 장로들을 말린 것은 한중천이었다. 물론 그의 표정 역시 억누르기는 했지만 노기가 서려 있었다.

"이게 무슨 짓인가?"

"제가 무슨 잘못이라도?"

빙그레 웃으며 되묻는 야율뇌풍에 장로들은 기가 막힐 지경이었다. 참을 수가 없었다.

"잠깐! 그렇다면 교주는 어디 있는 게요?"

순간 한중천이 크게 외쳤고 장로들의 말문이 멎었다. 그렇다. 있어야 할 백무혁이 보이질 않지 않은가.

"교주님 말씀이시군요?"

야율뇌풍은 빙그레 웃으며 고개를 살짝 돌렸다. 그의 시선이 향한 곳을 따라 장로들의 고개가 돌아갔다.

"키히히……"

쇠를 긁는 듯한 웃음소리가 장로들의 고막을 때렸다. 처음에는 한줄기이던 목소리가 점차 늘어나더니 이윽고 사방에서 들려왔다.

야율뇌풍은 빙그레 웃으며 교주전의 불을 밝혔다.

그리고 드러난 광경!

"헉!"

한중천의 입에서 헛바람이 터져 나왔다. 교주전의 사방 벽에는 사람들로 줄지어 서 있었다. 모두 교주의 직속 호법들이었다. 한중천은 무언가 이상한 점을 발견했다. 하나같이 피부는 시퍼렇게 죽어 있었고 눈은 샛노랗다.

"교, 교주!"

그 와중에 한 장로가 비명처럼 외쳤고 장로들의 시선이 그쪽으로 집중되었다. 호법들의 중앙에는 백무혁이 서 있었다. 더욱 놀라운 것은 다른 이들과 마찬가지의 상태였다는 점이다.

"활강시……."

한중천이 신음 섞인 목소리로 중얼거리자 야율뇌풍은 천천히 박수를 쳤다.

"바로 맞혔습니다."

"네, 네 이놈……."

장로들이 뭐라 한들 야율뇌풍의 얼굴에는 한 점의 흔들림도 보이질 않았다. 그는 백무혁에게 시선을 주며 천천히 입을 열었다.

"처리해."

퉁!

"크히히!"

괴이쩍은 웃음소리와 함께 시퍼렇게 죽은 피부의 백무혁이 장로들을 향해 달려들었다. 야율뇌풍은 팔짱을 끼며 나무 기둥에 등을 기댔다.

"죽이지는 마라. 놈들도 훌륭한 재료니까."

"으아악!"

찢어지는 비명 소리가 배화교의 교주전을 처참하게 수놓았다.

第三十四章

음습함,
그 끝을 알 수 없는 어두움

龍
劍風

적연은 눈살을 찌푸렸다.

"험난하군."

배화교와의 일전이 얼마 남지 않아서인지 안휘의 분위기
는 어수선했다. 각 현에서도 남궁세가에서 파견된 무림맹의
무사들이 눈을 번뜩였다.

"형님, 어디로 가시는 건가요?"

미친개는 의아스러웠다. 당초 합비로 갈 줄 알았기 때문이
다. 하지만 적연은 애초부터 북상할 생각이 없었다. 계속해서
서쪽으로 가고 있었다.

이대로라면 호북성으로 넘어간다.

"영산으로 간다."

"영산이요?"

미친개의 눈이 크게 치켜떠졌다. 놀랄 수밖에 없었다. 영산이라면 현재 무림맹의 주력 부대가 배치되어 있는 전선이기 때문이다.

"상관책 그 영감에게 한 방 먹인다면서요?"

"물론 그럴 생각이야."

미친개는 상관책에게 쳐들어갈 줄 알았다. 옆에서 한심한 표정으로 미친개를 바라보던 율무극이 혀를 찼다.

"어찌 이리도 생각이 짧누?"

"그게 무슨 소리예요?"

머리에 든 것이라고는 식욕이 거의 유일한 미친개는 고개를 갸웃거렸다. 적연과 율무극은 서로를 바라보며 피식 웃었다.

어쩌겠는가. 일단은 따라가야지.

물론 할 말은 하고.

"계급이 깡패라니까."

퍽!

무림맹의 총사인 남궁세가주 남궁천은 득의만만한 미소를 지으며 삼만이 넘는 대군을 바라보았다. 이제부터는 그의 명에 따라 움직일 것이다.

"허허허! 멋지군."

살아생전 이런 대군을 손수 통솔할 날이 올 줄은 몰랐다. 남궁천의 입장에서는 자랑스러울 수밖에 없었다. 위기 뒤에 기회란 것은 바로 이런 것이리라.

"각 문파의 지원군의 위치는?"

남궁천의 물음에 옆에 서 있던 부사령관이자 자신의 동생인 남궁진호가 읍하며 입을 열었다.

"소림은 반나절 거리에서 대기 중이고, 곤륜, 청성, 아미, 당문은 내일 오전은 되어야지 당도할 것 같답니다."

"으음… 그렇군."

차라리 삼면에서 포위해 휘몰아쳐 버리면 좋으련만 그것까지 바랄 수는 없나 보다.

그때 뒤에서 듣고 있던 검각의 가주 임계묵은 조심스러운 어조로 입을 열었다.

"차라리 조금 시간을 끄시는 것이 어떨까요?"

임계묵의 말은 간단했다. 기다렸다가 삼면에서 몰아치자는 것이었다. 하지만 남궁진호가 대번에 반대하고 나섰다.

"말도 안 됩니다."

임계묵 역시 지지 않았다.

"그렇다면 일 대 일로 붙겠다 이 말이오?"

"놈들이 포위당했다는 사실을 모르리라 생각하시오?"

"……."

확실히 틀린 말은 아니었다. 배화교도 눈과 귀가 있는데 삼면이 포위당했다는 사실을 모르겠는가. 남궁진호는 승기를 잡았다 생각했는지 거듭해서 주장을 밀어붙였다.

"차라리 그럴 바에야 대번에 우리를 쳐 뚫으려 할 것이외다. 달려드는데 막기만 하자 이 말이오?"

"전쟁이란 확신이 있을 때 움직이는 것이오."

남궁진호는 피식 웃었다.

"확신? 전쟁에 절대란 것은 있을 수 없소."

"엄청난 손실이 일어날 거요!"

"전쟁에 있어서 약간의 손실은 어쩔 수 없는 것이외다!"

패기만만한 남궁진호의 말에 힘이 실렸다. 남궁천은 미소를 지으며 고개를 끄덕였다.

"그렇다면 정해진 것이로군."

"다시 한 번 재고해 주십시오!"

임계묵이 다시 한 번 필사적으로 외쳤지만 이미 남궁천의 마음은 굳어진 상태였다. 아니, 애초부터 생각하고 자시고 할 것도 없었다. 남궁천은 손을 뻗으며 이 이상은 듣지 않겠다는 의지를 확고히 내비쳤다.

"이만 물러나게."

"크윽!"

임계묵은 침음성을 삼키며 물러섰지만 여전히 얼굴에는 불만이 가득했다.

"절호의 기회다."

"그렇습니다."

남궁천과 남궁진호는 전장을 향해 시선을 주었다.

"다른 놈들에게 공로를 넘겨줄 수는 없지."

입가에 걸린 미소가 짙어졌다.

배화교 쪽의 총사인 흑면야차 양문철은 영문을 모르겠다는 표정이다. 무림맹 쪽의 동태가 심상치 않음을 깨달았기 때문이다.

"이상하군."

흑면야차 역시 삼면이 포위되었음을, 그리고 자신들에게 있어 최선이 무엇인지 똑똑히 알고 있었다. 무조건적인 돌격이 그것이다. 지원군들이 들이닥치면 자신들에게 크게 불리한 것은 뻔하기 때문이다.

사실상 현재 유리한 것은 무림맹이다. 그렇지 않은가? 지원군이 오기 전까지만 버티면 된다.

'그런데… 뭐지?'

놈들의 움직임은 그대로 배화교와 맞부딪칠 태세였다.

"하지만 적어도 우리에게 나쁠 것은 없다는 거야."

정면충돌은 배화교 쪽에서 쌍수를 들고 환영할 만한 일이었다. 놈들이 도대체 무슨 생각일지는 모르겠지만 말이다.

이제는 후퇴할 곳도 없다. 오로지 돌격뿐.

흑면야차는 손을 들며 나지막한 목소리로 외쳤다.

"가자."

뿌우!

전진을 알리는 긴 나팔 소리와 함께 배화교의 교도들의 눈에 살기가 어렸다. 그들 역시 현재의 상태를 충분히 숙지하고 있었다. 결판을 내지 못하면 끝장이다.

"우와아!"

망설임 따위는 없었다.

"돌격!"

그와 동시에 무림맹의 무사들 역시 달리기 시작했다.

두두두두!

지축을 울리는 굉음과 함께 정과 사 양측 도합 구만에 가까운 대군이 서로를 향해 맞부딪쳐 갔다. 그 순간 뒤에서 지휘하던 흑면야차가 외쳤다.

"가라!"

차자작!

그 순간 배화교의 진영에서 붉은색 복장을 한 무사가 선두로 뛰어나갔고 진영이 뾰족한 정삼각형으로 변했다.

"그대로 뚫어버려!"

쾅!

지축을 뒤흔드는 굉음과 함께 배화교와 무림맹이 부딪쳤다.

"아아악!"

첫 비명이 터져 나온 곳은 무림맹이었고, 처음 승기를 잡은 것은 배화교였다. 뾰족한 창의 진영을 한 배화교는 넓게 퍼져 달려드는 무림맹을 중앙을 그대로 뚫고 들어갔다.

푸아악!

배화교도들이 달린 자리에는 어김없이 엄청난 양의 피가 튀었다. 피의 길이란 표현은 이럴 때 쓰는 것이리라.

뒤를 돌아볼 필요는 없다. 오로지 앞으로 전진할 뿐. 눈앞에 보이는 것은 가차없이 베고 짓밟는다.

무림맹의 진영은 일순간 흐트러졌으며 속절없이 배화교에 당할 뿐이었다. 정신을 차릴 새도 없이 휘몰아쳐 내달려 오는 적들을 막을 수가 없었다.

뿌드득!

멀리서 그 모습을 바라보던 남궁천과 남궁진호의 안색이 새하얗게 질렸다. 하지만 그것도 잠시였다.

"간격을 벌려라!"

둥! 둥! 둥!

큰 북소리와 함께 속절없이 당하던 무림맹의 무사들이 양옆으로 벌어졌다. 넓게 퍼졌다가 그대로 둘러싸 포위할 심산이었다.

그것을 모를 배화교가 아니었다.

"전환!"

두두두!

그 순간 질풍처럼 내달리던 배화교의 진영이 방향을 오른쪽으로 급격하게 틀어 얇아진 포위망을 뚫고 나갔다.

콰직!

포위하기 위해 벌려가는 와중에 일격을 허용한 진영이 뚝 끊어졌다.

"빌어먹을!"

남궁천이 주먹을 꽉 쥐며 욕설을 터뜨렸다. 이놈들은 자신의 의도를 훤하게 파악하고 있었다. 아니, 그것만으로는 부족하다.

멀리서 그 모습을 바라보던 흑면야차가 엄청난 소리로 외쳤다.

"네놈들의 오합지졸들 따위와 우리 교도들을 비교하지 마라!"

개개인의 전력과 마음가짐, 그리고 훈련의 질이 다르다. 예상보다 일찍 정사대전이 벌어졌지만 훈련의 강도는 언제라도 실전에 투입될 수 있을 만큼 혹독하게 반복해 왔다. 급하게 여기저기서 긁어모은 오합지졸들 따위가 어디 맞설 수 있겠는가.

그 증거로 무림맹의 진영은 대혼란 상태였다. 흐트러질 대로 흐트러졌고 배화교의 무사들은 손속에 인정을 두지 않는 잔혹한 살육으로 응답했다.

배화교의 의도는 분명하고도 명확했다. 공포심을 극도로 심어줄 심산이었다. 그렇게 된다면 놈들의 예기는 꺾일 것이고 승리는 배화교의 것이 된다.

분명 오늘의 싸움으로 모든 것이 판가름나지는 않을 것이다. 그러니 첫 전투에서의 승리는 절대적으로 배화교가 이뤄야 한다.

"배화교의 힘을 보여줘라!"

선두에 선 선봉장의 외침에 배화교도들이 함성으로 응답했다. 그들의 눈에는 이길 수 있다는 자신감이 배여 있었다.

그 순간이었다.

"음?"

진영의 맨 후방에서 내달리던 배화교의 무사는 고개를 갸웃거렸다. 자신의 양옆의 동료들의 허리에 무언가 붉은 선이 걸쳐져 있었기 때문이다.

"뭐지?"

그는 의아한 눈으로 선에 손을 가져갔다. 그리고…….

후두둑!

선에 손가락이 닿는 순간 깔끔하게 절단돼 바닥으로 떨어졌다.

"……!"

하지만 더욱 이상한 것은 그다음이었다. 분명 방금 전까지만 하더라도 자신은 동료들과 같은 시선으로 달리고 있었다. 그런데 어째서 지금은 올려다보고 있는 것일까?

'어?'

이내 그의 눈에 상체가 사라진 하체가 보였다. 그리고 그것이 자신의 것임을 깨닫는 데는 오랜 시간이 걸리지 않았다.

털퍽! 털썩!

배화교 교도들의 상체가 하나둘씩 분리되기 시작했고 짧은 시간 동안 근 오백에 가까운 희생자를 낳았다. 선에 걸쳐져 있는 곳이라면 어김없었다. 그곳이 허리든, 팔뚝이든 간에.

"으아악!"

갑작스런 엄청난 희생에 배화교도들이 동요하기 시작했다. 지켜보고 있던 흑면야차가 그러할진대 장본인들은 말할 것도 없었다.

이런 상황에 동요하기는 무림맹 쪽도 마찬가지였고, 양측의 시선이 한곳으로 쏠린 것은 자연스러운 현상이었다.

파바박!

그들의 눈에 배화교의 진영을 향해 맹렬하게 내달려 오는 세 사람의 모습이 보였다.

"어어……?"

배화교의 무사 한 명이 이쪽으로 곧장 돌진해 오는 적연을 바라보며 손가락질을 했다. 하지만 제대로 된 말을 꺼내기도 전에 적연의 검에 목이 날아가 버렸다.

후웅! 슈가각!

적연의 옆에서 달리던 율무극 역시 다리에 달린 검을 연신 휘두르며 적들을 베어나가고 있었다.

배화교도들은 쉽사리 적연과 율무극에게 달려들지 못했다. 방금 전 그 공격에 대한 공포심이 남아 있었기 때문이고 그것이 적연이 노린 바였다.

뿌악!

무지막지한 기세의 검이 닿은 곳에는 모든 것이 끝나 있었다. 적연은 부지런히 검을 휘두르며 배화교도들을 하나둘씩 제거해 나갔고, 그들의 진영이 흐트러지기 시작했다.

"이건 미친 짓이야! 미친 짓이라고!"

율무극과 마찬가지로 적연의 옆에 붙어서 달리던 미친개가 연신 울부짖었다. 적들의 한복판으로 뛰어든 자체가 마음에 들지 않았던 탓이다.

"오지 마! 오지 말라니까! 이 자식아, 왜 말을 안 듣니?"

슈각!

그럼에도 불구하고 배화교도들을 때려눕히는 것을 보면 참으로 용하다. 율무극은 채찍처럼 다리를 휘두르며 외쳤다.

"참 말 많군!"

슈각!

"으아악!"

가엽게도 멍하니 서 있던 교도 한 명의 양다리가 잘려 바닥으로 엎어졌다.

"제가 말이 안 많아지게 생겼……!"

으적!

"…습니까!"

이름 모를 녀석의 턱을 박살 낸 미친개가 자세를 낮춤과 동시에 주먹으로 다른 놈의 무릎을 후려쳐 부러뜨렸다.

"끄아악!"

다리가 부러진 녀석이 바닥을 구르며 구슬픈 비명성을 내질렀다.

"시끄러워, 인마!"

콰직!

미친개는 발로 꽥꽥거리는 놈의 안면을 짓밟았다. 적연은 미소를 지었다.

"잘하고 있군."

"받은 돈 토해내고 당신 동생 안 하고 말아!"

"끝나면 추가 수당 주지."

"전 언제까지나 형님을 따를 거라는 거 아시죠?"

무섭도록 빠르게 돌변하는 저 자세. 참으로 값싼 우정이라 할 수 있었다. 적연은 쓴 미소를 짓다가 무림맹 진영 쪽을 향해 외쳤다.

"뭐 해! 지금이다!"

그제야 제정신으로 돌아온 무림맹의 무사들이 황급히 달려들었다. 배화교와 무림맹의 난전이 시작되었다.

"와아아!"

무림맹의 무사들이 환호성을 질렀다. 그것은 승리의 기쁨이었다. 배화교도들이 자신들의 진영으로 도망치고 있었다.

세 시진 남짓의 격전. 첫 전투의 승리는 무림맹의 차지였다.

그 뒤 승리의 환호성이 향한 곳은 적연 쪽이었다. 그들의 입장에서는 전세를 역전시킨 영웅이었다.

적연이 자신들을 둘러싼 채 환성을 내지르는 무림맹의 무사들을 바라보며 미소를 지을 무렵이었다. 후방이 소란스러워지더니 사람들이 양쪽으로 갈라지며 말을 탄 사내가 모습을 드러냈다. 그는 적연 일행을 발견하고는 곧바로 말에서 내려 정중하게 예를 취했다.

"세 분을 모셔오라는 명이오. 그런데 그대는?"

"전 무림맹 적풍대주."

순간 사내를 비롯한 주위를 둘러싸고 있던 이들의 눈이 부릅떠졌다. 정파무림을 완전히 발칵 뒤집어놓았던 이름이다. 너무 놀란 탓일까. 사내가 쉽사리 말을 잇지 못했다.

"아… 그……."

적연은 무심한 표정으로 사내를 응시했다.

"이곳에 세워둘 셈인가?"

"이, 일단 따라오시오."

사내가 식은땀을 흘리며 걸음을 옮겼다.

"적풍대주는 배화교와 결탁했다 하지 않았나?"

"그러게? 이상하군."

"설마 무언가 착오가 있었던 것일까? 그렇지 않은가? 반역자가 배화교를 칠 리가 없어."

"그도 그렇군."

사람들이 수군거리는 소리를 들으며 적연의 입가에 한줄기 미소가 머금어졌다.

이들이 의심하기 시작했고 적연이 노린 점은 바로 그것이었다.

무림맹의 진영으로 들어온 적연은 남궁천과 남궁진호를 만났다. 그들 역시 다른 이들과 마찬가지로 혼란스럽다는 표정이다.

"또 뵙는군요?"

"그렇군. 소림에서 본 이후로 말이지."

남궁천은 떨떠름한 표정으로 적연을 바라보았다. 적연은 빙그레 미소를 지으며 입을 열었다.

"그렇지요. 전 반역자입니다."

"……!"

"저도 모르는 바지만 그리되어 있더군요."

"배화교와 결탁하지 않았다는 소린가?"

남궁천의 물음에 적연은 고개를 끄덕였다.

"그렇습니다."

"맹세할 수 있는가?"

"맹세고 자시고 할 것이 있겠습니까?"

나지막이 대답한 적연이 고개를 돌렸다. 방금 전까지 전투가 있었던 들판에는 수천 구의 시신들이 아무렇게나 널브러져 있었다.

남궁천은 고개를 끄덕였다.

"그렇군. 저보다 확실한 증거는 없을 테니."

배화교와 결탁했다면 적연의 행동은 있을 수 없는 일이다. 무죄임을 확실히 증명한 셈이다. 하지만 여전히 의문점은 남았다.

"그렇다면 어째서 도망친 것인가?"

"누가 제 말을 믿어주겠습니까? 그리고 아시지 않습니까? 저는 적이 많습니다."

'당신네들을 비롯해서 말이지요?' 란 말은 입 밖에 내지 않았다. 괜히 신경을 건드릴 필요는 없다.

"으음……."

적연이 적풍대주에 올라 했던 일들은 분명 많은 이들에게 적대감을 심어주었다. 남궁세가주 역시도 적연이 껄끄러운 것은 마찬가지였다. 오대가신가문과 내통한 자신들을 봉문 조치시키기 위해 협상한 이가 바로 적연이었다.

"당당하다면 어째서 도망친 것인가?"

"만약 그랬다면 전 이승의 몸이 아니었겠지요?"

남궁천을 바라보는 적연의 눈이 번뜩였다. 그것은 일종의 경고였다. 남궁천은 고개를 숙이며 입술을 꽉 깨물었다.

적연의 의도는 뻔했고 상황은 역전당했다. 이번 싸움의 난입으로 적연이 얻은 것은 막강했다.

'약아빠진 녀석.'

무사들이 수군거리며 수뇌부들을 의심하기 시작할 것이고 적연에 대한 찬탄으로 바뀌는 것은 순식간일 터. 그것은 기정 사실이다.

일순간에 반역자에서 영웅이 되어버린 것이다.

"저희 일행이 머물 거처가 필요합니다."

"음?"

상념에 빠져 있던 남궁천이 황급히 적연에게 시선을 주었다.

"거처 말입니다."

"아… 그래."

남궁천은 황급히 새로운 막사 하나를 찾아 적연 일행이 머물도록 조치를 취했다.

"오늘은 푹 쉬도록 하게."

"그럼 이만."

적연은 예를 취한 뒤 몸을 돌렸다. 그곳에는 임계묵이 서 있었다.

"내가 안내해 주겠소."

"감사합니다."

적연은 빙그레 미소를 지으며 그의 뒤를 따랐다.

"일단은 고맙다는 말부터 전해야겠구려."

"별말씀을 다 하십니다. 마땅히 해야 할 일을 했을 뿐."

"우리에게 승리를 안겨준 것은 그대요. 그것을 부정할 수는 없지. 하지만 그것 외에도 내 개인적으로 감사할 것이 있소이다."

"……?"

적연은 고개를 갸웃거렸다. 발걸음을 멈춘 임계묵이 적연에게 시선을 주며 빙그레 웃었다.

"내 아들 령아에 관한 것이외다."

"아!"

그제야 알 수 있었다. 령아라는 것은 임지령을 이르는 말이란 것을 말이다.

"검각의 가주시군요?"

임계묵은 고개를 끄덕였다.

"사실 처음 녀석을 무림맹에 보냈을 때는 노심초사했었소. 너무도 유약했으니까."

실전 경험이라고는 전무했던 임지령이었다.

"하지만 얼마 전에 만나본 아들 녀석은 많이 바뀌어 있더이다. 제법 사내다운 얼굴을 하고 있더군."

사내다움을 겉으로 드러난 힘으로 따지는 것은 옳지 않다. 진정한 의미는 자신만의 확고한 신념을 가지고 있느냐 마느냐다. 그리고 임계묵은 아들의 얼굴에서 그것을 보았다.

"녀석이 말하더군. 자신을 여기까지 이끌어준 것은 그대라고."

"그렇군요."

적연이 고개를 끄덕일 무렵이었다. 임계묵이 갑자기 적연에게 절을 했다.

"왜 이러십니까?"

난감한 표정으로 묻는 적연에게 임계묵이 대답해 주었다.

"무인이 무릎을 꿇는 것은 두 가지 경우뿐이오. 집으로 돌아와 자식들을 안아주기 위해 무릎을 꿇을 때가 첫 번째요, 자신이 진심으로 굴복하거나 감사한 자에게 예를 취할 때가 두 번째요. 적풍대주, 그대는 내 절을 받을 자격이 충분히 있소."

그 모습을 바라보던 율무극이 흐뭇한 미소를 지으며 고개를 끄덕였다.

"이만하면 되었습니다. 어서 일어서십시오."

"알겠소."

적연이 반강제적으로 임계묵을 일으켜 세웠다.

"그보다 녀석은 어디에 있습니까?"

듣고 보니 임지령과 제갈여진의 행방이 궁금해졌다.

"그건……."

임계묵이 말끝을 흐렸다. 심상치 않음을 느낀 적연이 얼굴을 굳혔다.

"말씀해 보십시오."

"…남궁세가에 있소이다."

"남궁세가에 말입니까?"

"그렇소."

"뭔가 잘못된 겁니까?"

"령아와 제갈가의 여식은 감금당했소이다."

주먹이 와락 쥐어진 채 임계묵은 천천히 있었던 일을 풀어 놓았다.

적연이 무림맹을 빠져나간 뒤 두 사람은 조사를 받았다. 하지만 상관책은 두 사람에 대해 의심을 거두지 않았다.

'나에 대한 대비인가?'

세상사는 어떻게 될지 모르는 것이니까.

'현명하군. 하지만 바보이기도 해.'

이미 적연은 한 수를 던졌고 이제 상관책이 대응할 차례다. 어떻게 나올지가 궁금했다.

적연은 빙그레 미소를 지었다.

　　　　　*　　　　　*　　　　　*

"뭐냐?"

광명우사는 고개를 갸웃거리며 배화교로 들어섰다. 무언가 이상하다.

마땅히 성문 앞을 지켜야 할 위사가 보이질 않았다. 하지만 더욱 이상한 것은 성내로 들어섰을 때다. 활기차야 할 저잣거리는 텅 비어 있었고 주인을 잃은 개들만이 배회하고 있을 뿐이다.

'뭐냐? 도대체 무슨 일이더냐?'

처음에는 일주일에 한 번씩 있는 집회가 있나 생각해 보았다. 하지만 날짜를 따져 보니 오늘은 아니다. 더욱이 아무리 행사가 있다 한들 이토록 아무도 없지는 않다.

거리를 지나며 의문은 더욱 증폭되었다. 건물들은 하나같이 사람이 왕래하지 않은 듯 을씨년스럽다.

'일단은 교주님께 가는 것이 먼저다.'

께름칙한 마음을 접은 광명우사가 한걸음에 본교로 들어갔다. 하지만 역시나 발걸음은 멈출 수밖에 없었다.

"아무도 없는 거냐?"

본교 안 역시도 거리와 마찬가지였다. 교도들이라고는 찾아볼 수 없는.

"뭐지? 도대체 무슨 일이……?"

뚜벅. 뚜벅.

그때 들려온 발자국 소리에 광명우사가 반가운 기색으로 고개를 돌렸다.

"자네?"

"돌아오셨습니까?"

야율뇌풍이 빙그레 미소를 짓고 있었다. 광명우사는 주위를 살피며 물었다.

"무슨 행사라도 있는 게냐? 어찌 한 사람도 보이질 않는 거지?"

"모두들 본당 앞에 모여 있습니다."

"본당 앞에?"

이 말도 조금 이상하다. 배화교의 상주 인구가 십만이다. 현재 정사대전을 위해 빠져나간 오만 대군을 생각한다 하더라도 합이 오만에 가깝다. 그 정도의 대인원이 본당 앞에 모인다?

"이리로."

의문점을 채 생각할 새도 없이 야율뇌풍이 앞서 걸었다. 광명우사는 어쩔 수 없이 그의 뒤를 따를 수밖에 없었다.

"교 내에 무슨 일이 있었던 건가?"

"가보시면 아시게 될 겁니다."

'뭐지?'

야율뇌풍의 목소리를 듣는 순간 온몸에 소름이 쫙 돋았다.

자연스럽게 발걸음은 느려졌고 둘 사이의 거리는 벌어졌다.

"왜 따라오시지 않으십니까?"

야율뇌풍은 고개를 돌려 광명우사를 바라보았다.

"무슨 일이더냐?"

"그러니까 가보시면……."

"지금 당장 알아야겠다!"

광명우사의 언성이 높아졌다. 그 순간 야율뇌풍이 어깨를 으쓱였다.

"말씀드리지요."

목소리가 갑작스럽게 낮아졌고 표정은 음습하게 변한다. 심상치 않다. 아니, 무언가 엄청난 일이 벌어졌음을 본능적으로 알 수 있었다.

야율뇌풍은 빙긋 웃으며 입을 열었다.

"배화교의 주인이 바뀌었습니다."

"…그, 그게 무슨……!"

너무 엄청난 소리를 들어서일까? 광명우사가 말을 더듬었다. 야율뇌풍은 정말 아무것도 아니라는 투로 대답했다.

"배화교의 교주는 백무혁이 아닌 바로 야율뇌풍, 저입니다."

"농담을 삼가하라!"

"제가 농담을 하고 있다 생각하십니까?"

"……"

혼란스럽다. 뭐가 어떻게 된 일인지 감이 잡히질 않았다.

"그렇다면 증거를 보여 드리지요."

야율뇌풍의 말이 끝남과 동시였다.

"키히히!"

듣기에도 섬뜩한 쇠 긁히는 웃음소리. 귀에 익은 그 소리.

털썩.

광명우사는 망연자실한 표정으로 그 자리에 털썩 주저앉았다.

"이럴 수가… 이럴 수가……."

시퍼런 피부에 샛노란 눈망울을 가진 백무혁이 광명우사의 눈망울에 맺혔다.

"넌 도대체 뭐냐?"

광명우사의 말투에는 힘이 없었다. 야율뇌풍은 뒷짐을 지며 입을 열었다.

"강시문의 문주 야율뇌풍이다."

"강시문!"

"그래."

광명우사의 고개가 푹 떨궈졌다.

"그런 것이었군… 너에게 놀아난 거였어."

"이해가 빠르군."

"다른 이들은?"

"보통의 놈들은 아무짝에도 쓸모가 없지. 활강시로 만들어

봤자 별다른 전력이 될 수 없거든.”

쿵!

야율뇌풍의 말은 엄청난 뜻을 내포하고 있었다. 남아 있던 오만 중 민간인을 비롯한 보통의 전력이 거의 대다수였다. 하지만 야율뇌풍은 보통의 놈들은 쓸모가 없다고 했다. 그렇다는 이야기는 배화교에 남아 있는 고수급들을 추렸다는 것인데.

그가 알기로도 오백이 조금 넘는 수다.

오백? 일견 보기로는 보잘것없는 숫자일는지도 모른다. 하지만 그 오백이 활강시라면?

“네, 네놈은 정녕 악마다.”

“좋도록 생각해.”

“네 이놈……!”

잠겼던 목소리가 조금씩 떨리기 시작했고 그 안에는 짙은 살기가 자리 잡았다.

“용서치 않겠다.”

퉁!

순간 광명우사가 땅을 박차며 야율뇌풍과의 거리를 순식간에 좁혔다. 하지만.

투학!

앞을 막아선 백무혁의 일장이 광명우사의 복부에 정확히 작렬했다.

“우웩!!”

광명우사가 피를 토해냈다. 내부가 진탕된 탓이다.

'강하다.'

본래 광명우사는 백무혁보다 한 수 위의 무인이었다. 하지만 지금은 아니다. 그는 활강시가 되었고 예전과는 비교할 수 없으리만치 강해졌다.

결론적으로 광명우사가 백무혁을 이길 수 있는 확률은 없었다.

휘청.

광명우사는 있는 힘을 다해 몸을 일으켰다. 생기라고는 찾아볼 수 없는 활강시의 소름 끼치는 웃음소리가 가까워져 왔다. 바로 얼마 전까지 자신이 모셨던 주군 백무혁이 자신을 향해 이빨을 드러냈다.

"키히히!"

"교주님······."

"크헤헤!"

퉁!

백무혁이 광명우사를 향해 달려들었다. 순간 광명우사가 입술을 꽉 깨물었다.

쾅! 하는 소리와 함께 백무혁이 뒤로 십여 걸음을 물러섰다. 광명우사의 일장이 그를 몰아낸 것이다.

뚝··· 뚝······.

광명우사의 눈가에 맺힌 눈물이 양 볼을 타고 흘러내렸다.

"전 아직 죽을 수 없습니다."

팡!

말을 마친 광명우사가 몸을 날려 순식간에 사라졌다. 순간 백무혁이 그의 뒤를 따르려 했지만 야율뇌풍의 한마디에 저지당했다.

"놔둬라."

"키?"

"놈 따위 언제든지 없애 버릴 수 있어."

야율뇌풍의 얼굴에 잔혹한 미소가 번졌다.

"중원출진이다. 오백 활강시 군단이 약해진 양측을 순식간에 쓸어버린다."

그리된다면.

"무림은 내 것이다."

"키히히!"

"키히히!"

오백에 이르는 웃음소리가 배화교 본당을 울리기 시작했다.

第三十五章

위협 요소

龍
劍風

"놈이다!"

배화교도들이 동요하기 시작한다. 이쪽을 향해 엄청난 속도로 달려오는 적연의 모습이 보였기 때문이다. 그들의 눈에 어린 것은 공포다. 절망이다. 그리고 죽음이다.

도망?

적연은 그마저도의 시간도 주지 않는다. 비정하고 잔인하다.

"크아악!"

"아악!"

비명 소리가 점점 커지고 적연의 검이 그들의 목숨을 거둬

갔다.

검이 향하는 곳에는 어김없이 피가 튀었고 비명 소리가 난무했다. 적연은 쉴 새 없이 검을 날리다가 옆에서 질린 표정의 배화교도 한 명을 주먹으로 후려쳤다.

으적!

엄청난 타격음과 함께 턱이 완전히 돌아가 바닥에 널브러졌다. 검과 주먹, 그리고 발까지 적연은 온몸의 모든 부위를 사용해 배화교도들을 학살했다.

"흥!"

적연은 발바닥에 기운을 보내 땅을 박차고 허공으로 뛰어올랐다.

철컥!

어느새 검집에 들어간 검이 격렬하게 울고 있었다.

쾅! 하는 소리와 함께 검집에 눌려 있던 검날이 튕겨져 나왔고 혈선강기가 펼쳐졌다.

붉은 선이 전장 한가운데를 가르며 지나갔고, 그곳에 걸쳐져 있는 것은 무엇이든 잘려 떨어졌다. 팔이 동강난 녀석부터 몸이 갈라진 놈들까지 전장은 순식간에 아수라장으로 변했다.

"와아아!"

자신의 진영으로 도망치는 배화교도들을 보며 무림맹 쪽에서 환호성이 터져 나왔다.

그것은 승리한 자가 누릴 수 있는 당연한 권리였다.

"적풍대주님 만세!"

진영으로 돌아오자 영웅의 귀환을 환영하는 무림맹의 무사들이 몰려나와 적연을 둘러쌌다. 그들에게 있어 적연은 군신이나 마찬가지였다.

맨 처음 적의 진영으로 뛰어들었다가 맨 마지막에 빠져나온다. 적연의 그러한 모습은 무림맹의 무사들에게 있어 절대적인 존경심을 자아냈다.

적연은 의심할 여지 없는 정파무림의 기둥이요, 희망이 되었다.

적연이 배화교와 내통했다던 의심 역시 사라진 지 오래였다. 아니, 정확히 말하면 무림맹의 처사는 경솔했고, 그를 시기하는 수뇌부가 누명을 뒤집어씌운 것으로 변한 상태였다.

"수고했소."

마중 나와 있던 임계묵이 미소를 지으며 적연을 맞이했다.

'하지만 저 둘은 그렇지 않은가 보군.'

적연은 고개를 들어 단상에 서 있는 남궁천과 남궁진호를 바라보며 쓴 미소를 지었다. 두 사람은 적연을 마땅치 않게 보고 있었다. 하기는, 자신들의 약점을 쥐고 있으니 그럴 수밖에 없으리라.

"오늘도 그대의 활약은 대단하더군."

임계묵의 말에 적연은 어깨를 으쓱였다.

"하나 배화교의 저력은 대단합니다."

"으음."

현재 무림맹은 서쪽에 청성, 아미, 당문, 곤륜을 비롯해 북쪽의 소림의 지원군까지 합해 삼면을 포위해 연일 맹공을 퍼붓고 있었다. 하지만 배화교의 반격 역시 만만치 않았다.

벌써 일주일이 지났건만 배화교의 진영은 굳건하기만 했다.

"음?"

적연은 문득 고개를 들어 하늘을 바라보았다. 북쪽 하늘에 먹구름이 끼고 있었다.

*   *   *

쾅!

"크윽!"

상관책은 주먹으로 탁자를 후려치며 입술을 질끈 깨물었다. 험악하게 일그러진 얼굴에는 노기가 잔뜩 묻어 나왔다.

그의 화를 촉진시킨 것은 적연의 활약상이었다.

연일 엄청난 공을 세우며 상관책의 심기를 거스르고 있었다. 더욱 복장 터지는 것은 여론까지 자신의 편으로 만들고 있다는 점이었다.

"영악한 놈."

오히려 위기를 기회로 만들었고 멋들어지게 반격까지 했다. 상관책의 입장에서는 참을 수 없는 치욕이었다. 하지만 더욱 답답한 것은 적연이 너무 거물이 되었다는 점이다. 아무리 적풍대주 시절 위명이 높았다고는 하나 지금에 비할 바는 못 된다.

적연의 이름과 생김새는 모든 이들에게 알려졌으며 영웅처럼 떠받들어지고 있는 상태였다. 이제는 상관책마저도 쉽사리 장난을 치기가 힘들다.

상관책은 눈을 감은 채 골똘히 생각하다가 몸을 일으켰다.

"놈을 불러들여라!"

결심은 내려졌다.

이튿날 언제나처럼 전장에 나서기 위해 준비를 하던 적연은 눈을 끔벅였다. 방금 전 무림맹에서 온 상관책의 호출로 인해서였다.

"나를?"

상관책이 보낸 연락책이 예를 취했다.

"예. 오시랍니다."

"흐음……."

적연은 턱을 매만지며 침음성을 삼켰다. 옆에서 그 소리를 듣고 있던 미친개가 팔짱을 끼며 콧방귀를 꼈다.

"흥! 내칠 때는 언제고."

'도대체 무슨 생각인 거지?'

미친개가 뭐라 투덜거리든 말든 적연은 궁금함이 앞섰다. 도대체 뭘까?

"딱히 거절할 이유가 없습니다."

율무극의 말에 적연은 고개를 끄덕이며 몸을 일으켰다.

"가겠다."

"지금 바로 출발하시지요."

"그러지. 먼저 나가 있게. 곧 나가지."

"예."

연락책이 막사 바깥으로 나갔다. 적연은 미친개와 율무극에게 시선을 주었다.

"너희 둘은 이곳에 남아라."

"예?"

"하지만……."

율무극이 뭐라 말하려 했지만 적연은 고개를 내저었다.

"가는 것은 나 혼자면 충분해."

"…알겠습니다."

내키지는 않았지만 어쩔 수가 없었다. 적연은 빙긋 웃으며 두 사람의 어깨를 한차례 두드려 준 후 막사 밖으로 나왔다.

그리고 적연에게 쏟아지는 수많은 시선.

무림맹의 무사들은 불안한 시선으로 적연을 바라보고 있

었다.

"다시 오시는 겁니까?"

"그럴 거요."

이 대답이 듣고 싶어서였을까? 사람들의 안색이 환해졌다.

영산을 떠난 적연은 삼 일 만에 무림맹의 임시 지부인 남궁세가에 도착했다.

남궁세가에 들어선 적연은 사람들의 안내에 따라 곧바로 상관책이 있는 집무실에 들었다.

"어서 오게."

서신을 들여다보던 상관책이 적연에게 시선을 주었다. 웃고는 있지만 이면에 자리 잡은 거북스러움을 못 느낄 수가 없었다.

적연 역시 마주 미소를 지어 보였다.

"오래간만입니다."

"그간 잘 지냈나?"

"맹주님 덕분에 아주 잘 지냈습니다."

꿈틀.

상관책의 눈썹이 푸르르 떨렸다. 도발해 오고 있다.

'놈.'

하지만 섣불리 본심을 드러낼 수는 없다. 그것은 적연이 원하는 것일 테니 말이다.

"자네가 크나큰 공을 세웠음을 들었네."

"어쩌다 보니 그렇게 되었습니다."

상관책은 눈가를 찡그렸다.

"어쩌다 보니? 의도했던 것이 아니고?"

"설마요."

적연은 어깨를 으쓱였다. 주도권은 자신에게 넘어왔다.

"험험."

예상대로 상관책은 쉽사리 말을 잇지 못하고 헛기침만 할 뿐이었다. 그렇게 한참 동안 적연을 바라보던 상관책이 누그러진 기색으로 입을 열었다.

"뭘 원하는 건가?"

적연은 허리를 꼿꼿이 펴며 입을 열었다. 이제는 자신이 얻을 것을 명확히 하면 된다.

"첫째. 저에게 씌워진 억울한 누명을 벗겨주십시오. 그리고⋯⋯."

결정이고 나발이고 어차피 상관책에게는 선택의 여지가 없다. 적연의 입가에 미소가 머금어졌다.

"적가를 부활시키겠습니다."

"⋯⋯!"

상관책의 눈이 크게 치켜떠졌다. 하지만 적연의 말은 끝나지 않았다.

"또한 과거의 무림맹 산하가 아닌 독립단체로서 자율권을 보장해 주십시오."

탁자에 가려져 있던 주먹이 꽉 쥐어졌다. 그런 것이었다.

"…무림맹에서 분리시키겠다는 뜻인가?"

"물론 이번 일이 마무리된 후입니다. 그전까지는 적풍대주의 직위를 겸하겠습니다."

'크으…….'

예상치 못한 것은 아니었다. 또한 받아들일 수밖에 없음도 말이다.

"…알겠네."

마땅치 않은 상관책의 허락이 떨어지자 적연의 입가에 걸려 있던 미소가 짙게 번졌다. 얻을 수 있는 것은 모두 얻었다.

"뭔가 더 하실 말씀이라도 있으신지요?"

"없네."

"그렇다면 이만 물러가 보겠습니다. 그리고 임지령과 제갈여진은 제가 데려가겠습니다."

적연은 상관책의 대답도 듣지 않은 채 집무실을 나섰다.

임지령과 제갈여진은 남궁세가의 외각에 자리 잡은 초옥에 감금되어 있었다.

식사는 하루에 정확히 세 번. 초옥을 벗어날 수도 없었고 어딜 가든 두 사람을 감시하는 이들로 인해 불편하기 그지없는 생활을 이어갔다.

소일거리라고는 각자의 방에 들어앉아 고서들을 들여다보거나 무공을 수련하는 것뿐이었다.

제갈여진은 멍한 표정으로 자신의 방 앞에 놓인 의자에 앉아 검을 휘두르고 있는 임지령을 바라보고 있었다.

"후욱! 후욱!"

임지령은 연신 검을 휘두르며 땀을 흘리고 있었다.

"재미있어요?"

멈칫.

제갈여진의 중얼거림에 임지령이 휘두르던 검을 늘어뜨렸다.

"재미없습니다."

"그럼 왜 해요?"

"습관이거든요. 어려서부터 해온."

"흐음, 그렇구나."

제갈여진은 양손으로 턱을 괴었다. 임지령은 피식 웃으며 입을 열었다.

"정 심심하시면 검을 좀 휘둘러 보시는 게 어떠신가요?"

임지령의 말에 제갈여진은 고개를 내저었다.

"근육 붙을까 봐 싫어요."

"…그래서는 곤란해."

그와 동시에 들려온 한줄기 귀에 익은 목소리.

"아!"

두 사람은 동시에 탄성을 터뜨리며 목소리가 들려온 방향으로 고개를 돌렸다. 그곳에는 적연이 서 있었다.

"그동안 잘 지냈나?"

"아아……."

제갈여진은 믿기지 않는다는 표정으로 적연을 향해 한 걸음씩 다가섰다.

"환영은 아니죠?"

"환영처럼 보이나?"

제갈여진은 세차게 고개를 내저었다.

"얼굴이 많이 수척해졌군."

왈칵.

그 말과 동시에 제갈여진의 눈가에 그득 맺혀 있던 눈물이 쏟아졌다.

"흐흑!"

가녀린 어깨가 연신 들썩였다. 적연은 가볍게 그녀의 어깨를 두드려 주며 임지령을 바라보았다. 그녀만큼은 아니지만 임지령 역시 격양되어 있는 표정이다.

"어떻게 되신 겁니까?"

"복직이야."

"그렇다면……."

"두 사람은 다시 날 따르면 돼."

"아하하!"

임지령이 환희의 웃음을 터뜨렸다.

                    *   *   *

"문을 열어라!"

일월궁의 문을 지키던 위사가 성 밖으로 고개를 내밀었다. 아직 해도 뜨지 않은 새벽에 들려온 다급한 외침 덕분이었다.

"누구냐!"

"어서 문을 열어라!"

웬 늙은이 하나가 밑에서 고래고래 소리를 내지르고 있었다. 그는 바로 광명우사였다. 하지만 알 리 없는 위사가 잔뜩 경계 어린 어조로 외쳤다.

"신분을 밝혀라!"

"광명좌사와 일월궁주를 만나러 왔다!"

"네 이놈! 어디라고 두 분을 함부로 부르느냐!"

일월궁주와 광명좌사에 대한 예의를 갖추지 않고 부르자 위사가 일갈성을 내질렀다. 하지만 그, 광명우사는 다급했다. 절차를 밟아 만날 수 있는 여유가 그에게는 없었기 때문이다.

"이익! 안 되겠구나."

퉁!

광명우사가 땅을 박차더니 성벽을 훌쩍 뛰어넘었고, 위사의 눈이 크게 치켜떠진 것은 당연했다.

"침입자다!"

위사가 크게 외치며 종을 쳤고 성 밑이 소란스워졌다.

땡땡땡!

"음?"

곤히 잠들어 있던 광명좌사가 눈을 뜬 것은 긴급을 요하는 종소리가 들림과 동시였다.

광명좌사가 황급히 윗옷을 걸치고 처소 바깥으로 뛰어나갔다. 어느새 본궁 안은 무기를 든 무사들이 뛰어다니고 있었다.

"무슨 일이더냐?"

광명좌사의 물음에 때마침 근처에 있던 무사가 다급한 목소리로 외쳤다.

"침입자입니다!"

"침입자?"

퉁!

광명좌사가 대번에 땅을 박차며 무사들을 훌쩍 넘어 튀어나갔다. 그리고 본궁을 벗어났을 무렵 무사들과 대치하고 있는 한 노인을 발견했다.

"억!"

노인이 광명우사임을 안 순간 광명좌사가 헛바람을 삼켰다. 광명우사는 쓴 미소를 지었다.

"만검, 오래간만이로군."

광명좌사의 별호인 만검을 아는 것은 일월궁주와 현 배화교주, 그리고 광명우사가 유일했다. 만검은 광명우사를 바라보며 응답했다.

"멸천, 그대 역시."

"이 아이들을 좀 물리쳐 주지 않겠나?"

"물러서라."

광명좌사의 명령은 절대적이었다. 일순간 일월궁의 무사들이 검을 거두며 뒤로 물러섰다.

"그대가 여기는 무슨 일이지?"

"급한 일이다. 소교주님을 뵈어야 해."

'저 표정.'

광명우사의 얼굴에서 다급함을 읽은 광명좌사는 고개를 끄덕였다. 비록 적이기는 하지만 과거에는 믿을 만한 동료였다. 그가 저런 표정을 지을 때는 그만한 이유가 있을 터.

"때마침 기침하셨을 시간이군. 예의는 아니지만 따라오게."

"고맙네."

광명우사는 고개를 끄덕이며 광명좌사의 뒤를 따랐다.

일월궁주 백한로가 머무는 처소 앞에 두 사람이 섰을 무렵 안에서 나지막한 목소리가 들려왔다.

"손님인가?"

"그렇습니다."

"들어오게."

끼이익.

문이 열리며 두 사람이 처소 안으로 들어섰다. 백한로는 이미 세수까지 말끔히 끝내고 의자에 앉아 차를 마시고 있었다. 하지만 그 역시도 광명좌사와 함께 온 이가 광명우사인지는 예상치 못했던 모양이다.

"허어? 뜻밖이군?"

"광명우사가 소교주님을 뵙습니다."

광명우사는 공손히 예를 올렸고 백한로는 쓴 미소를 지었다.

"아직까지도 날 소교주라 부르는가?"

"저에게 있어서는 영원히 소교주님이십니다."

"소교주라……."

백한로가 말끝을 흐렸다. 한때는 그랬었다. 하지만 지금은 일월궁주다.

"그건 그렇고 그대가 여기까지는 무슨 일이지?"

"이제 남은 것은 소교주님뿐입니다."

갑작스런 한마디. 혼란스러운 것보다는 왠지 모를 불길함이 몸 전체를 아우른다.

"그게 무슨 소리더냐?"

"교주가 바뀌었습니다. 정확히 말하자면 강탈당했습니다!"

"뭣?"

백한로가 의자에서 벌떡 일어섰다. 그것은 광명좌사 역시 마찬가지였다. 광명좌사가 급한 어조로 물었다.

"어떻게 된 일인가?"

쉽사리 이해가 가질 않았다. 도대체 무슨 소리를 하고 있는 것인가? 교주 자리를 강탈당하다니.

"쉽사리 이해가 가질 않는군. 차근차근 이야기해 보게."

백한로의 말에 광명우사가 침통한 듯 고개를 떨군 채 여태까지 있었던 이야기를 풀어놓았다.

"…놈에게 당한 겁니다."

광명우사가 말을 끝맺었을 무렵 백한로와 광명좌사는 눈을 부릅뜬 채 말을 잇지 못했다. 그만큼 충격적인 이야기였다.

"분명 강시문은 백 년 전에……."

백한로는 아직도 믿기지 않는다는 표정으로 말끝을 흐렸다.

"생각나는 분은 소교주님밖에 없었습니다."

광명우사는 눈물을 흘리며 이마를 땅바닥에 찍었다. 하루 아침에 평생을 몸담아오던 배화교가 강시문의 수중에 넘어갔다. 그야말로 하늘이 무너지는 것과 같은 느낌.

하지만 그것도 잠시였다.

배화교를 살려야 했다. 천 년 전통의 배화교가 이리도 허망

하게 무너질 수는 없는 노릇이었다.

광명우사는 그 일념으로 일월궁까지 한걸음에 달려왔다. 아무런 생각도 없었다. 정신을 차리고 보니 일월궁 앞이었다.

왜일까?

간단하다. 바로 일월궁의 궁주인 백한로가 배화교의 소교주이기 때문이다. 그만이 할 수 있는 일이다.

"크음……."

백한로는 침음성을 삼키며 눈을 지그시 감았다.

"곧 놈들은 중원으로 들이닥칠 것입니다."

"오백의 활강시인가. 그것도 대다수가 고수로 이루어진……."

생전의 힘을 훨씬 초월하는 것이 활강시다.

생전의 무공을 쓸 수 있는 그야말로 괴물. 육체만 강화시키는 보통의 얼뜨기 강시들이 아니다. 바꿔 말하자면 높은 경지에 다다르던 사람일수록 활강시로 변모했을 때의 위력은 더욱 가공스럽다는 이야기다.

백한로는 힐끗 고개를 돌려 광명좌사를 바라보았다. 어찌하겠느냐는 무언의 물음이었다.

"전 언제까지든 궁주님의 뜻을 따르겠습니다."

그의 한마디가 백한로의 마음을 차분히 가라앉혀 주었다.

"광명우사."

"예!"

바닥에 이마를 대고 있던 광명우사가 고개를 들었다. 백한로는 몸을 일으켰다.

"그대는 즉시 영산으로 가."

"영산이라면?"

백한로는 고개를 끄덕였다. 현재 무림맹과 배화교가 격전을 벌이고 있는 전장이었다.

"일단은 싸움부터 멈추는 것이 먼저다."

"명을 받들겠습니다!"

백한로는 광명좌사에게 시선을 주었다.

"광명좌사."

"예!"

"적연이 복직했다고?"

"그렇습니다."

이틀 전 들어온 정보였다. 더욱이 지금 맹에서 가장 영향력을 가진 이이기도 했다.

"나는 지금부터 맹으로 간다."

광명좌사와 광명우사는 곧 백한로의 말속에 숨은 뜻을 알아챌 수 있었다.

"예!"

"지금은 싸울 시기가 아니다. 연합전선을 편다."

                    *   *   *

　얼마 전까지만 하더라도 남궁세가주가 집무를 보던 집무실에 상관책을 비롯한 수뇌부들이 모여 앉았다. 언제나같이 그들이 머리를 맞대고 하는 이야기란 간단했다.

　영산에서의 전황에 관해 여러 가지 의견을 나누는 것뿐이다. 그리고 대다수의 의견은 어떻게 하면 이번 싸움을 빨리 끝낼 수 있느냐이다. 결국 지지부진한 이야기다.

　가만히 앉아 이야기를 듣고 있던 적연이 입을 열었다.

　"제 생각은 좀 다릅니다."

　나지막한 어조였지만 대전 안 모든 이들의 이목을 끌기에는 충분했다.

　"그게 무슨 소리인가?"

　상관책의 물음에 적연이 한차례 헛기침을 하더니 말문을 떼었다.

　"현재 적군과 배화교의 거리를 생각하셔야 한다는 말씀입니다. 배화교는 신강. 하지만 현재 그들의 주력 부대는 안휘성 접경 지역인 영산에 고립되어 있습니다. 물론 개개인의 능력이 우리 측보다 우월하다지만 그들도 인간임을 알아야 합니다."

　"명확하게 설명해 보게."

　"그들도 먹고 자는 것은 우리들과 다를 바 없다 이 말입니다. 특히 먹는 문제가 그렇지요. 현재 그들은 삼면이 포위되어 있는 상태입니다. 보급로가 끊긴 상태일 테고. 이 소강상태를 유지해 간다면 군량이 떨어지는 것은 시간문제일 테고, 놈들의 사기는 바닥까지 추락할 겁니다. 그리고 또 한 가지."

적연은 빙긋 미소를 지으며 말을 이었다.

"밤낮을 가리지 않고 그들의 신경을 긁어놓아야 합니다. 많이도 필요없습니다. 소수의 인원으로 공격하는 척만 하면 됩니다. 그들이 잠을 잘 수 없도록 하면 되는 거지요."

"그렇군."

듣고 보니 일리가 있는 말이다. 어떠한 전투에서라도 개개인의 역량과 얼마나 잘 조련되어 있는 정예병이냐는 중요하다. 하지만 더욱 앞서는 것은 적들의 사기를 어떻게 떨어뜨릴 수 있느냐, 즉 심리전이다. 군량이 떨어지고, 거듭된 기습으로 잠을 잘 수가 없다면 놈들도 버텨내지는 못할 것이다.

"하지만… 최대한 빨리 끝내는 것이……."

"정파의 자부심만을 세울 수는 없는 겁니다. 피를 흘리는 것은 전장에 나가 있는 무사들이 아닙니까? 최소의 손실로 최대의 효과를 이끌어내라 했습니다."

수뇌부들은 입을 꾹 다물었다. 아닌 게 아니라 하나같이 다 지당한 말이었다. 그렇다면 그들이 적연과 같은 생각을 못했느냐면 그건 아니다.

적연이 한 말은 누구나 조금만 머리를 굴리면 알 수 있는 사실이었다. 단지 무림인들이라는 특성이랄까? 무인의 자존심이랄까? 그런 것들이 작용한 조금은 특수한 전쟁이다. 하지만 적연은 그것을 이해하지 못한다. 대막에서의 수많은 경험에서 깨달은 것은 이기면 장땡이란 거다.

비겁하든 어쨌든 말이다. 결국 세상은 승자를 기억하는 법이니까.

어느새 회의의 주도권은 적연에게 넘어갔고, 상관책은 꿀먹은 벙어리처럼 입을 꾹 다물었다. 이뿐만이 아니다. 현재 맹 내에서 가장 영향력이 큰 이는 상관책이 아닌 적연이 되었다.

그만큼 영산전투에서 세운 적연의 공은 눈부신 것이었고 여론을 자신 쪽으로 돌려놓았다.

'직함만 남은 건가?'

상관책은 허탈한 표정으로 한숨을 내쉴 무렵이었다.

똑똑.

"누군가?"

"총관입니다."

문을 열고 들어온 총관의 얼굴은 상기되어 있었다. 상관책은 고개를 갸웃거리며 물어왔다.

"무슨 일인가?"

"일월궁에서 사람이 왔습니다."

수군.

일월궁이란 이야기에 집무실 안에 있던 수뇌부들이 술렁였다. 적연의 경우에도 그러했다.

"일월궁에서?"

"일월궁주가 직접왔습니다."

벌떡.

상관책은 자리에서 벌떡 일어섰다.

"일월궁주가 말이냐?"

"예. 어찌할까요?"

어찌기는.

여기까지 왔는데 문전박대 할 수는 없지 않은가.

"안으로 정중히 모시거라."

"명을 받들겠습니다."

총관은 그리 대답하고는 총총걸음으로 집무실을 나섰다. 문이 닫히기가 무섭게 수뇌부들이 이야기를 봇물처럼 토해냈다.

대다수는 도대체 왜? 였다. 일월궁이라면 무림맹과는 거의 원수나 매한가지의 관계다. 그런 이곳에 일월궁주가 직접, 그것도 이런 시기에 왔으니 술렁일 수밖에.

한 가지 확실한 것은 뭔가 심상치 않은 일이란 심증뿐이었다.

잠시 후 문이 열리자 일월궁주 백한로의 모습이 드러났다. 그는 가볍게 뒷짐을 진 채 여유로운 걸음걸이로 안으로 들어왔다.

상관책은 짐짓 부드러운 미소를 지으며 백한로를 맞이했다.

"어서 오시오."

"갑작스런 방문이 결례가 되지 않았소이까?"

"아니외다."

"그럼."

백한로는 빙긋 웃었다. 어느새 총관이 빈 의자를 하나 가져와 자리를 마련했다.

상관책은 백한로가 의자에 앉자 턱을 괴며 입을 열었다.

"일월궁주께서 여기까지는 어인 일이오?"

"단도직입적으로 말씀드리겠소. 내가 이곳에 온 이유는 무림맹과의 동맹을 위해서요."

상관책은 고개를 갸웃거렸다. 이런 상황에 동맹이라.

'얄팍하군.'

아마도 이번 싸움의 전세가 무림맹 쪽으로 기울어진 이상 정사대전이 끝난 후 있을 후폭풍을 피해가기 위함일 것이리라. 아마도 그다음의 목표는 일월궁이 될 가능성이 가장 크니까.

그러나 백한로가 상관책의 속내를 못 알아챌 리 없었고, 중요한 것은 그가 잘못짚어도 한참 잘못짚었다는 점이다.

"정확히 말하자면 일월궁과 배화교, 그리고 무림맹이 연합전선을 구축하자는 뜻이지."

상관책이 어이가 없다는 표정으로 소리쳤다.

"이 무슨 괴상한 소리요! 농담이 지나치시군!"

"농담이나 하자고 이곳까지 왔겠소?"

작지만 위엄있는 목소리에 상관책이 표정을 굳혔다.

"그러면 말이 되는 소리라 생각하시오? 지금 우리가 싸우는 측이 배화교임을 모르시는 것은 아닐 텐데?"

"말이 되오."

백한로는 몸을 일으키며 끊었던 말을 끝맺었다.

"안 그러면 셋 다 멸망할 테니."

"……!"

옆에서 조용히 듣고 있던 적연이 고개를 갸웃거렸다. 백한로의 말속에 서린 불길한 기운을 느낀 탓이었다.

"맹주님, 일단은 일월궁주의 말을 한번 들어보는 것이 좋을 것 같습니다."

"고맙소, 적풍대주."

도움을 받은 백한로가 적연에게 가볍게 대답했다. 상관책역시 고개를 끄덕였다.

"흠흠."

백한로는 헛거침을 한 후 천천히, 그러나 명확한 어조로 말문을 열었다.

"현재 오백의 활강시가 영산을 향해 들이닥치고 있소. 시간상 이미 도착했을지도 모르겠군."

"화, 활강시?"

"오백이나?"

수뇌부들의 놀라움은 당연한 것이었다. 불과 얼마 전 단 하나의 활강시로 인해 엄청난 피해를 받았기 때문이다. 하지만 여기서 그들의 의문점은 활강시를 제조한 것이 배화교가 아니었느냐? 하는 것이었다.

백한로는 그들의 속내를 한발 앞서 알아채고는 고개를 내저었다.

"혹시 강시문에 대해 아시오?"

"강시문이라면?"

강시문이란 단어가 나오는 순간 수뇌부들이 술렁였다. 어찌 모를 수 있겠는가. 그 끔찍한 가문을.

"강시문은 백 년 전에 멸문당하지 않았소이까?"

"그랬었지."

"그렇다면 아니란 말이오?"

"애초부터 이 정사대전 자체를 일으킨 것이 강시문이라면 믿겠소? 무림맹과 배화교, 양측 다 배화교에게 놀아난 것이라오."

상관책이 멍한 표정으로 되물었다.

"지금 뭐라고 하셨소?"

"하아."

백한로는 한숨을 내쉬며 여태까지 야율뇌풍이 해왔던 일을 풀어놓았다. 이야기가 진행됨에 따라 상관책을 비롯한 집무실에 있던 이들의 안색이 차츰 굳어졌다.

"…그렇다면 활강시에 관한 제조서를 흘린 것도 야율뇌풍이란 자고."

"그렇소."

"만든 활강시를 탈출시켜 정사대전을 앞당기더니 이제는 배화교주를 비롯한 고수들을 활강시로 만들어 우리를 몰살시키려 한단 말이오?"

백한로가 고개를 끄덕이자 상관책이 힘없이 의자에 주저앉았다. 넋이 나간 듯 멍한 표정이다.

"지금은 이럴 시간이 아니오. 세 곳이 모두 힘을 합쳐도 장담할 수 없단 말이외다."

"너무 엄청난 이야기라 쉽사리 믿을 수가 없소."

상관책은 머리카락을 부여잡으며 중얼거렸다. 백한로의 인상이 와락 일그러졌다. 상관책이 진정 믿지 못하느냐, 그건 아니다. 현실을 외면하려 하고 있다.

그 모습을 바라보던 적연은 눈가를 찡그렸다.

'결국 저 정도의 인물이었나?'

한때나마 상관책에게 당했던 자신이 수치스러웠다. 그것은 수뇌부들 역시 마찬가지였다. 극한의 상황에서 본성이 나오는 법이다. 이 같은 상관책의 모습은 크나큰 실망감으로 다가올 수밖에 없었다.

보다 못한 백한로가 크게 외쳤다.

"정신 차리시오!"

"……!"

상관책의 몸이 한차례 크게 흔들렸다. 백한로는 상관책에게 얼굴을 들이밀었다.

"다 죽는단 말이외다! 떼로 몰살당하고 싶은 게요?"

"그, 그렇지는 않소."

효과가 있었던 것인지 상관책이 조금은 이성을 찾은 표정이다.

"어찌하겠소? 바로 결정하시오."

"저는 궁주님의 의견에 전적으로 찬성합니다."

적연이 맨 처음 백한로의 의견에 동조하자 수뇌부들 역시 너도나도 뜻을 같이했다. 이미 그들의 안중에 상관책은 없었다. 일단 살고 봐야 하지 않겠는가.

의견이 모아지자 백한로는 고개를 끄덕였다.

"그렇다면 지금부터 우리는 무림맹과 함께하겠소."

"잠깐."

그때 제갈천이 손을 들며 앞으로 나섰다.

"말씀하시오."

"일월궁과 맹이 연합한다는 것은 정해졌으니 그렇다 치지만 배화교 쪽에는 어찌 말할 것이오?"

백한로의 입가에 미소가 머금어졌다.

"잊으셨소이까? 교주가 없는 지금, 그 후임은 소교주인 본인임을."

그랬다. 백한로는 전 배화교의 소교주였다.

"배화교 쪽은 일월궁주께서 하신다 치고, 우리 무림맹은 누구를 대표로 삼아야 하지?"

종남의 장문인인 천해주의 물음에 모든 이들의 시선이 상관책에게 향했다. 하지만 이내 모두들 혀를 끌끌 찼다. 상관책과는 가까운 사이인 천해주마저 고개를 내저을 정도였으니 말이다.

그들의 시선이 향한 곳은 적연 쪽이었다. 적연은 헛기침을 내뱉으며 입을 열었다.

"가장 연배가 높으신 종남파의 장문인께서 맡아주시면 어떻겠습니까?"

적연은 빙긋 웃으며 천해주를 바라보았다. 모두들 고개를 끄덕이며 수긍하는 분위기다. 후덕한 인품으로 만인에게 존경받는 천해주라면 딱히 반대할 이유가 없었기 때문이다.

"에잉. 늙은이가 무슨……."

천해주가 대번에 양손을 내저었지만 적연은 고개를 내저었다.

"임시라도 좋습니다. 하지만 지금은 선배님 이외에는 생각할 수도 없습니다."

"맞습니다. 부디 허락해 주십시오."

다른 이들도 간곡하게 청했다. 도저히 거절할 수가 없는 상황. 결국 천해주는 고개를 끄덕였다.

"알겠네. 늙은이가 무슨 도움이 되는지는 모르겠지만 힘닿는 데까지 열심히 해보지."

"감사합니다."

수뇌부들이 모두 일어나 천해주에게 예를 표했다.

그 후로 얼마간 의견을 나누고 회의를 마무리 지었다. 천해주는 몸을 일으키는 적연을 바라보았다.

"자네는 잠깐 남게."

"아, 예."

적연은 다시 자리에 앉았다. 이윽고 모든 이들이 집무실을 나가고 안에는 두 사람만이 남았다.

"차 한 잔 하겠나?"

"아니요. 괜찮습니다."

천해주는 빙긋 웃었다.

"종남에서 만났을 때가 엊그제 같은데 벌써 자네는 여기까지 올라왔군."

적연은 피식 미소를 지었다. 천해주는 한숨을 내쉬었다.

"왠지 내가 친구의 자리를 뺏은 것 같아 기분이 묘하군."

"하지만 어쩔 수 없는 선택이었습니다."

"또한 자네가 원했던 바이기도 하고."

"……."

적연의 표정이 굳어졌다. 천해주는 어깨를 으쓱이며 말했다.

"굉장한 친구야, 자네는."

불과 일 년도 채 되지 않은 시간 만에 적풍대주까지 올라섰다. 인정할 수밖에 없다.

"난 유능한 인재를 좋아하네. 그래서 말인데, 이번 일을 총괄해서 맡아주게."

"예?"

뜻밖의 제안에 적연이 눈을 끔벅였다. 천해주는 뭘 그렇게 놀라냐는 듯 빙긋 웃었다.

"아무리 생각해 봐도 자네밖에 없더군. 부끄럽지만 지금 우리는 자네에게 의지할 수밖에 없네."

확실히 끌리는 제안이기는 하다. 천해주는 무림맹의 실질적이고도 공식적인 이인자 자리를 권한 것이다.

'덥석 물면 안 돼.'

급히 먹으면 체하는 법이다. 지금까지는 자신이 의도한 대로 되었다지만 이번만큼은 신중해야 한다. 그만큼 이인자라는 자리는 매력적이면서도 위험한 자리다.

"전 아직 어린 데다가 이곳 무림맹에도 몸담은 지 얼마 되지 않았습니다. 죄송합니다."

"하지만 딱히 자네 이외에는……."

"그렇다면 제가 감히 한 분을 추천드려도 되겠습니까?"

"왜? 봐놓은 자가 있던가?"

"그런 것은 아닙니다. 그저 그분 정도라면… 이라고 생각한 겁니다. 결국 결정은 맹주님께서 내리셔야 하지요."

잠시 고심하던 천해주는 고개를 끄덕였다. 저토록 완강히 부인하는데 억지로 앉힐 수는 없는 일이다.

"더욱이 현 총사는 과거 오대가신가문과 내통했던 자입니다."

"으음."

그렇다. 현 총사인 남궁천을 비롯한 소림의 원각, 청성의 소초해, 그리고 무당이 활강시에게 당하며 죽음을 당한 무당의 청수는 오대가신가문에게 무림맹주 직을 제의받았던 이들이다.

"차후 분란을 일으킬 여지가 있는 자들입니다."

"그렇군."

적연의 말은 틀리지 않았다. 자신의 입지를 확고히 하기 위해서라도 그들의 존재는 껄끄러웠다.

'그것보다 아깝군.'

천해주는 내심 아까웠다. 굳이 적연을 남겨 이런 권유를 한 것에도 의미가 있었기 때문이다. 그것은 바로 둘 사이의 암묵적인 동맹 관계를 형성하기 위함이었다.

천해주는 막 이 자리에 올라섰지만 아직은 입지가 불안전하다. 반면 적연의 입지는 확고하기 그지없다. 서열상으로는 천해주가 위지만 지금은 특별한 때다.

현재 적연은 영웅이고, 천해주가 자신의 자리를 튼실히 하기 위해서는 적연의 도움이 필요했다. 그나마 다행인 것은 천해주가 먼저 호의를 보였고, 비록 거부는 했지만 적연이 싫어하지 않는 기색이었다는 점이다.

일단은 좋은 관계로 출발했다는 점 정도를 의의로 삼아야 했다.

"그럼 이만 나가보게."

"예."

적연은 예를 취한 뒤 집무실을 나섰다. 밖에 나서기가 무섭게 한숨부터 내쉬었다.

"후우."

천해주가 저토록 적극적으로 나올 줄은 몰랐다.

'하지만 기본적으로 저 영감은 나에게 호의를 가지고 있다.'

물론 변모하게 될지도 모른다. 권력을 쥐면 사람은 바뀌게 마련이니까.

당분간은 뒤 걱정은 하지 않아도 되니 그나마도 다행이다. 이제부터 적연이 할 일은 한 가지뿐이다. 여태까지와 마찬가지로 누구보다 용맹하게 싸우면 된다.

"여어."

상념에 빠져 있을 무렵 들려온 소리에 적연이 고개를 들자 집무실 바깥에 백한로가 서 있었다. 그는 적연에게 시선을 주며 가볍게 미소를 지었다.

"이제 나오는가?"

"아, 예. 잠시 할 이야기가 있었습니다. 그건 그렇고 오래간만입니다."

"그래. 조금 걸을까?"

"아니면 차라도 한 잔 하시는 게 어떨까요?"

"그것도 나쁘지는 않군. 안내하게."

"예."

두 사람은 발걸음을 옮겨 현재 적풍대의 임시 거처로 갔다. 그곳에서 대기하고 있던 임지령과 제갈여진은 적연을 발견하고는 반갑게 다가오고 싶었다. 하지만 그러지 못한 것은 적연의 옆에 서 있는 백한로 때문이었다.

백한로는 두 사람을 유심히 바라보다가 손뼉을 마주쳤다.

"오. 예전에 일월궁에서 봤던 이들이군."

"예."

적연은 고개를 끄덕이며 두 사람을 바라보았다.

"긴히 할 이야기가 있으니 잠시 자리를 피해주지 않겠어?"

"차를 내올까요?"

"부탁해."

"예."

제갈여진과 임지령은 고개를 끄덕이며 총총걸음으로 물러났다. 두 사람은 처소 앞 정원에 놓인 의자에 앉았다.

"야율뇌풍을 만나본 적이 있습니다."

"음?"

아무래도 상황이 상황이니만큼 적연은 야율뇌풍의 이야기를 꺼냈다.

"강시문의 문주라… 강시문은 뭡니까?"

적연의 물음에 백한로는 한숨을 내쉬며 입을 열었다.

"본래 강시라는 것 자체가 자네도 알다시피 죽은 시신을 고향 땅에 묻기 위해 이동 중 썩지 않도록 특수한 약품으로 처리한 것이었네. 그런 일을 전문적으로 하던 곳이 강시문의 시초였지."

처음의 순수함은 시간이 지남에 따라 변해갔다.

사람들은 시신들을 싸움에 이용할 수 있지 않을까? 하는 생각을 하기 시작했다. 고통을 느끼지 못하고 명령에 절대복종하는 불사신 군대는 분명 매력적이니까.

"하지만 사실 강시라는 것은 그리 쓸 만하지가 못하네. 관절이 굳어 움직임도 둔하고 한정적이지. 더욱이 인간과는 다르게 생각이란 것이 없어. 한마디로 효용가치가 없었네. 강시문은 점점 사람들에게서 잊혀져 갔지."

"그래서 발전시킨 것이로군요."

"그렇지. 사람과 똑같이 움직이게 만들었어. 물론 여전히 생각은 하지 못했지만 그것만으로도 충분히 가치는 올라갔으니까. 하지만 이번에도 그 낮은 의식 수준이 문제였네. 일일이 통제를 해야 했거든."

"왜 멸문시켰죠?"

"짐작 못하겠나?"

"위협이 될 만한 소지가 있어서였습니까?"

백한로는 고개를 끄덕였다.

"사람의 욕심이란 끝이 없는 법이거든. 결국 강시문이 연구 끝에 기초적인 사고를 하는 강시를 만들었어. 방어를 모르던 기존의 강시와는 달리 피하고, 방어하며, 반격이 가능한. 그것이 혈강시라네."

기초적인 사고가 가능한 불사의 군대는 생각만으로도 끔찍하기 그지없었다. 하지만 강시문은 그것으로 만족하지 않았다.

"그러던 중 우리는 우연히 강시문에서 연구 중이라는 활강시에 관해 정보를 입수했지. 알려진 바에 따르면 활강시는 가공스러울 지경이었어. 그야말로 완벽한 살인귀였지."

살아생전 자신이 썼던 무공을 펼치고 사고 수준을 더욱 끌어올렸다. 일일이 통제해야 하는 번거로움에서 벗어나 나름대로의 융통성까지 가지고 있는 것이 활강시였다.

"배화교는 결단을 내렸지. 활강시 연구가 성공하면 안 된다고 말일세."

"하지만 결국에는 배화교 손으로 활강시를 만든 꼴이 되었죠."

적연의 한마디는 뼈아팠다. 야율뇌풍의 의도였다고는 하지만 배화교는 자신의 손으로 없앤 과거의 유물을 파헤친 셈이었고 그로 인해 엄청난 위기에 빠졌다.

백한로는 쓴 표정을 지었다.

"내가 할 수 있는 일을 해야겠지."

"예."

"예상으로는 조만간 활강시 부대가 영산으로 들이닥칠 것이네."

적연은 고개를 끄덕였다.

"바로 출발해야겠군요."

*   *   *

전장의 북쪽에 자리 잡은 소림 진영은 어수선했다. 벌써 열흘이 넘도록 맹공을 퍼부었건만 별다른 소득이 없었기 때문이다.

"아미타불. 최대한 빠른 시간 내에 끝내야 하느니라."

이번 소림의 지원군 중 가장 배분이 높은 원희 대사가 주먹을 꽉 쥐며 몸을 일으킬 때였다.

"큰일입니다!"

후방의 척후 임무를 맡은 승려가 황급하게 뛰어들어 왔다. 다급한 표정에 헐떡거리는 숨소리가 심상치 않음을 알 수 있었다.

"무슨 일이더냐?"

"정체불명의 무리가 이쪽을 향해 빠른 속도로 진군해 오고 있습니다!"

덜컥.

그 말을 듣는 순간 원희 대사는 심장이 내려앉는 듯했다.

'설마 배화교에서 증원군을 보내온 것인가?'

그렇다면 무언가 이상하다. 어째서 보고가 전혀 들어오지 않은 것일까?

"거리는?"

"반 시진 전 기준으로 백오십 리입니다."

통상적으로 급속 진군이라 하더라도 백오십 리면 대략 반나절 거리다.

"좀 더 정확히 알아보라!"

원희 대사가 척후병에게 추가 명령을 내릴 때였다. 막사를 박차며 다른 척후병이 내달려 들어왔다.

"이십 리 지점까지 접근! 엄청난 속도입니다!"

"뭣이라?"

말도 안 된다. 불과 반 시진 만에 백삼십 리를 좁혀왔단 말인가?

'기병대라도 된단 말인가?'

원희 대사가 황급히 막사를 박차고 나서 안광을 돋웠다.

"저기로군."

저 멀리 지평선 너머에 어슴푸레 일고 있는 먼지가 보였다.

어느새 소림의 무승들이 만반의 채비를 갖추고 모여들어 진형을 갖출 무렵이었다. 사색이 된 척후병이 내달려 와 원희 대사에게 보고를 올렸다.

"괴, 괴물들입니다! 숫자는 약 오백! 활강시입니다! 전원이 활강시입니다!"

원희 대사의 안색이 새하얗게 질렸다.

"맙소사!"

第三十六章

연합

龍
劍風

　"막아!"

　구슬픈 외침은 아무런 소용이 없었다.

　쾅! 하는 소리와 함께 막으라고 외치던 이가 실 끊어진 연처럼 날아갔다.

　"이럴 수가… 이럴 수가……."

　불호조차 뇌까릴 수 없다. 원희 대사는 그야말로 넋이 나간 표정.

　갑자기 들이닥친 오백의 활강시들이 소림의 진영을 초토화시키기 시작했다.

　앞을 막아서는 것은 모두 밟고 짓이겼다.

"키히히!"

"끄아악!"

미미한 반격은 허용되지 않았다.

불길 속에 뛰어드는 불나방마냥 활강시들에게 고스란히 목숨을 내던졌다.

슈가각!

얼마 전까지만 하더라도 배화교의 대장로였지만 이제는 활강시가 된 한중천이 검을 휘둘렀다.

우웅!

공명음과 함께 검날에 시뻘건 기운이 맺히자 한중천이 검을 수평으로 휘둘렀다.

"키히!"

한중천이 쇠 긁는 탄성을 토해내며 팔을 휘두르자 검에 맺혀 있던 기운이 쏟아져 나왔다.

푸아악!

십수 명의 몸이 순식간에 두 동강 나며 피가 폭죽처럼 터졌다.

"네 이놈!"

원희 대사와 함께 왔던 사대금강이 검기를 날린 한중천에게 달려들었다.

"키힛?"

한중천의 얼굴에 드리운 감정은 호기심이었다. 하지만 그것도 잠시, 이내 번들거리는 눈에서 혈광이 뿜어졌다.

투앙!

엄청난 발구름 소리와 함께 사대금강을 덮쳐 가는 한중천.

사대금강과 한중천의 사이가 급격하게 좁혀졌다. 검이 아닌 신체와 신체의 격돌!

콰작!

충격파와 함께 몸으로 들이밀어 오던 사대금강의 몸이 뒤로 튕겨 나갔다. 아니, 그것이 끝이 아니었다.

콰드득!

불행히도 머리부터 바닥으로 떨어졌고 충격을 이기지 못한 목이 부러지며 등 쪽으로 꺾여 들어갔다. 볼 것도 없이 즉사다.

"타앗!"

동료의 죽음에 노기가 치솟은 것일까? 이제는 삼대금강이 된 이들이 일시에 삼면에서 달려들었다.

쾅쾅쾅!

살로 이루어진 주먹으로 친 소리라고 믿을 수 없을 만큼 파괴적인 타격음. 하지만 돌도 부숴 버린다는 주먹은 활강시가 된 한중천의 단단한 살에 막혔다.

믿을 수 없다는 표정도 잠시였다.

"끄아악!"

세 명의 금강이 저마다 팔을 부여잡으며 바닥에 주저앉았다. 충격을 이기지 못한 팔목뼈가 부러지며 살을 뚫고 튀어나왔기 때문이다.

한중천은 주먹으로 한 놈의 면상을 후려쳤다.

빠각! 하는 소리와 함께 얼굴이 터지며 사방으로 뇌수와 피를 흩뿌렸다.

털퍽.

머리를 잃은 금강이 앞으로 꼬꾸라졌다.

이제 남은 것은 두 놈뿐.

"키히히!"

한중천은 기괴한 웃음을 터뜨리며 그들을 덮쳐 갔다.

소림의 지원군 중 살아서 도망친 이는 백여 명에 불과했다.

불과 한 시진도 채 되지 않은 시간 동안 벌어진 학살극의 결과였다.

"뭣이?"

오백 활강시의 출현을 알리는 보고에 남궁천의 얼굴은 사색이 되었다. 어제저녁까지의 전투에서 발생한 사상자 오백을 제한 소림의 무승 이천 명이 한 시진 만에 전멸에 가까운 피해를 입었다.

무당파의 멸문과 무한에서의 참사로 인해 활강시의 위력을 뼈저리게 느낀 무림맹 입장에서는 충격일 수밖에 없었다. 하지만 문제는 놈들이 이쪽을 향해 내달려 오고 있다는 점이다.

"설마 배화교의 증원군인가?"

무림맹에서 보고를 받지 못했으니 그리 추측할 수밖에 없었다. 남궁천은 입술을 으적 깨물었다.

좋지 않다.

처음 놈들이 영산에 도착했을 때의 병력은 오만여 명. 열흘 동안의 전투로 인해 대략 이만의 희생자를 낸 상태였다. 무림맹 역시 희생자 사천을 제외하더라도 서쪽에 위치한 당문, 아미, 청성, 그리고 곤륜의 지원군을 합하면 삼만 정도였다.

비록 거듭 승리를 거뒀다지만 이제야 겨우 병력의 열세를 맞춘 셈이었다. 그런데 오백 활강시 군단이라니.

미세하게 무림맹 쪽으로 기울려던 균형추가 바로 배화교로 넘어가는 꼴이 되었다.

'젠장! 젠장!'

남궁천은 욕설을 터뜨렸다. 동생인 남궁진호는 발을 동동 구르며 남궁천을 닦달했다.

"형님, 어찌해야 합니까?"

"크윽!"

암담하기는 남궁천도 마찬가지.

"일단 방어진을 구축합시다. 이곳에서 밀리면 합비까지는 무아지경이오."

때마침 들려온 소리에 두 사람이 고개를 돌렸다. 그곳에는 결연한 표정의 임계묵이 서 있었다.

"그, 그렇지."

그제야 남궁천이 고개를 끄덕이며 황급히 전군에 명령을 하달했다. 사람들이 바삐 움직이기 시작했다.

남궁천은 입술을 꽉 깨물며 고개를 떨궜다. 그의 뇌리에 적연의 모습이 스치고 지나갔다.

"놈이 그리울 때가 올 줄이야."

하지만 지금 적연은 이곳에 없다.

"지금 말한 놈이란 것이 저를 지칭하시는 겁니까?"

때마침 들려온 소리.

"아!"

남궁천이 고개를 돌렸다. 그곳에는 적연과 일월궁주, 그리고 임지령과 제갈여진이 서 있었다.

"아, 아닐세. 그게 아니라……!"

당황한 남궁천이 양손을 내저었다. 적연은 빙긋 웃었다.

"뭐, 되었습니다."

"오! 적풍대주."

그때 임계묵이 다가왔다. 하지만 이내 적연의 옆에 서 있던 임지령을 발견했다.

"령아."

"아버님."

임지령은 빙긋 미소를 지으며 임계묵을 바라보며 읍례를

했다. 상황이 상황이니만큼 부자간의 해우를 나눌 수가 없었기 때문이다.

"방어진은 구축됐나?"

남궁천은 짜증스러운 어조로 임계묵을 바라보며 외쳤다. 그 모습을 바라보던 적연이 한 발 앞으로 나섰다.

"곤란하군요. 총사께 하대라니."

"뭣?"

순간 남궁천의 눈이 크게 치켜떠졌다. 지금 뭔가를 잘못 들은 것 같다.

"총사라니? 그, 그건 나……."

"지금부터는 아닙니다."

적연은 임계묵에게 다가갔다.

"남궁세가주 남궁천을 직위 해제하고, 현 시점을 기해 검각주 임계묵을 정사연합의 정파 측 총사로 임명한다는 무림맹주님 명입니다."

"무슨 소린가! 정사연합은 또 뭐고!"

남궁천은 피를 토하는 어조로 외쳤지만 이미 적연의 안중에 그는 없었다. 적연은 임계묵에게 다가서며 입을 열었다.

"이제부터 총사십니다."

"아……."

임계묵 역시 당혹스러웠다.

"내가 말인가?"

"예."

"그것이 현 무림맹주님의 뜻입니다."

"현 무림맹주라니?"

"전임 무림맹주는 물러났습니다. 종남의 장문인께서 맹주로 취임하셨지요."

모든 것이 혼란스럽기만 했다. 자신이 갑자기 총사로 임명되더니, 맹주마저 바뀌었단다.

"혼란스러우시리라는 것은 압니다만 지금은 자세히 설명드릴 시간이 없습니다."

"알겠네. 받아들이지."

이미 위에서 결정이 내려진 이상 따라야 했다. 그러나 남궁천은 그렇지가 못했다.

"이건 억지다! 총사는 나야!"

적연은 싸늘한 눈으로 남궁천을 바라보았다.

"이미 결정된 사항입니다. 설마 받아들이지 못하시겠다는 뜻입니까?"

"흥! 맹주님까지 갈아치우다니. 네놈들이 반기를 든 것 아닌가?"

적연은 표정을 굳혔다.

"명령 불복종에 맹주님에 대한 모욕. 묵과할 수 없군. 포박해라."

적연의 말이 떨어짐과 동시에 임지령이 앞으로 나섰다.

창!

남궁천이 검을 빼 들었다.

"네 이놈들!"

순간 임지령의 눈이 번뜩였다.

핑! 따당!

남궁천의 검이 허공으로 치솟아올랐다. 임지령의 쾌검을 막아내지 못한 것이다.

"순순히 오라를 받으십시오."

털썩.

남궁천이 바닥에 주저앉았고 이내 포박당해 끌려갔다.

"놔라, 이놈들! 놔!"

끌려가면서도 고래고래 소리를 지르는 남궁천을 뒤로하고 적연이 임지령에게 시선을 주었다.

"많이 늘었군."

"아무래도 전 검의 천재인가 봅니다. 부쩍부쩍 늘더군요."

"넉살맞아지기까지 하고."

적연은 피식 웃었다. 이제야 진정 무인다워진 느낌이다.

임계묵은 아들의 급속한 성장이 놀랍고도 자랑스러운 듯 미소를 숨기지 못했다.

"그건 그렇고 정사연합은 무슨 소린가?"

적연은 옆에 서 있던 백한로에게 시선을 주었다. 백한로는 가만히 고개를 끄덕이며 입을 열었다.

"결국 정과 사 양측이 모두 야율뇌풍이란 자에게 놀아났단 말인가?"

"그렇습니다."

"그렇다면⋯⋯."

임계묵은 백한로에게 시선을 주었다. 일월궁주이자 전 배화교의 소교주. 하지만 이제는 현 배화교의 교주.

"좀 어색하군요."

임계묵의 말에 백한로는 씁쓸한 표정을 지었다.

"나 역시 마찬가지일세. 하지만 한 가지 확실한 것은 힘을 합치지 않으면 안 된다는 것이지."

"잘 부탁드리겠습니다."

"그러지."

백한로는 고개를 끄덕였다. 임계묵은 적연에게 시선을 주었다.

"우리는 그렇다 치더라도 배화교 쪽 역시 상황을 모르기는 매한가지일 텐데?"

"이미 그곳에는 광명우사가 갔습니다."

그 시각 배화교의 진영 역시 혼란스럽기는 마찬가지였다. 무림맹 쪽의 움직임이 심상치 않았기 때문이다.

연일 공격적이던 기세가 한껏 움츠러들더니 방어적인 형태로 바뀌었다.

배화교 측의 사령관인 흑면야차는 턱을 매만지며 고민했다.

'왜지?'

사실 현재 배화교의 사정은 그리 좋지가 않았다. 삼면이 포위당한 지금 보급로가 끊겼다는 사실은 웬만한 교도들이라면 모두 알고 있었다.

최대한 입막음을 했지만 배급량은 점점 줄어들고 있었으니 어찌 모르겠는가.

아직 남아 있는 양은 보름치지만 전황이 국지전으로 가고 있었다. 언제 끝날지 모르는 지루한 공방전이 계속되고 있다는 말이다. 이대로라면 군량이 바닥나는 것은 예정된 수순이었다.

사기가 떨어지고 있는 지금이건만 웬일인지 무림맹은 방어적으로 가고 있었다.

'적풍대주가 합비에 간 것이 사실인가?'

그간 배화교도 사이에 절대공포의 대상이었던 적풍대주가 며칠째 보이질 않는다. 그렇다면 이쪽에도 승산이 없는 것은 아니다. 바람처럼 나타나 무식하게 죽여대는 녀석의 존재는 이쪽의 사기를 깎아대는 골칫덩이였다.

"좋아."

흑면야차는 차라리 이튿에 총공세로 나가기로 결정을 내렸다.

그때였다.

쿵!

갑작스레 들려온 커다란 소리. 방향은 북쪽이다.

"소림의 기습인가?"

흑면야차가 외칠 무렵 전령이 달려왔다.

"낭보입니다!"

"낭보?"

"지원군입니다! 본 교에서 지원군을 보내왔습니다! 북쪽의 소림 진영을 초토화시키고 곧장 이쪽으로 내달려 오고 있답니다!"

"오오!"

흑면야차가 탄성을 터뜨리며 앞으로 내달렸다.

'역시 본 교는 우리를 버리지 않았어.'

결정적인 상황에서의 지원군은 어둠 속에 비친 한줄기의 빛과도 같았다. 그리고 북쪽으로 도착했을 무렵이었다.

콰직! 하는 소리와 함께 북쪽에 위치한 숲이 터져 나가며 오백의 지원군이 쏟아져 나왔다.

'어?'

이상한 점을 느낀 것은 그때였다. 모두들 하나같이 푸르죽죽한 피부에 샛노란 눈동자를 번뜩이고 있었다.

"활강시? 더군다나 모두가?"

"와아아!"

아무것도 모르는 일반 교도들은 환호했지만 흑면야차를 비롯한 수뇌부들의 얼굴에는 의아함이 깃들었다. 그렇지 않은가. 오백의 활강시라니. 전혀 들어보지 못했다.

"억!"

그 순간 흑면야차의 눈이 크게 치켜떠졌다. 맨 선두에 선 활강시의 얼굴은 자신이 잘 알고 있는 자였다.

"교, 교주님?"

그 활강시는 바로 배화교주인 백무혁이었다. 그뿐만이 아니었다. 대다수의 활강시들도 마찬가지였다. 모두들 교주전을 지키는 호법들이나 장로들을 비롯한 고수급들이 아닌가.

어떻게 된 상황인지는 모른다. 하지만 한 가지 확실한 것은 무언가가 잘못되었다는 점이다.

주춤.

흑면야차를 비롯한 눈치 빠른 수뇌부들이 뒤로 한 걸음 물러섰다. 그리고 그때.

"키히히."

백무혁이 웃음을 터뜨리며 배화교의 진영을 향해 내달려 왔다.

"피, 피해!"

흑면야차는 본능적으로 외치며 뒤로 물러섰지만 활강시들의 속도는 엄청났다.

"어?"

아무것도 모르고 지원군이 왔음을 환호하던 한 배화교도가 멍한 표정을 지었다.

푸악!

그는 백무혁의 일수에 상체가 찢겨져 날아갔다. 허공에서 흩뿌려진 피가 비처럼 쏟아져 내려 땅바닥을 적시는 것이 신호였다.

"키히히히!"

오백의 활강시들이 동시에 웃음을 터뜨리며 달려들었다. 일방적인 학살극이 시작된 것이다.

그 시각, 전장의 서쪽에 모여 있던 청성, 아미, 당문을 비롯한 곤륜 쪽은 고개를 갸웃거렸다.

북쪽에 위치하던 소림이 공격을 당했다는 소식을 전해왔기 때문이다.

"알 수 없는 것들에게 공격을 당해? 더욱이 그 숫자가 고작 오백?"

"보고입니다!"

때를 맞춰 또 한 사람의 전령이 내달려 왔다.

"소림을 공격했던 놈들이 배화교 쪽을 향해 이동 중이랍니다!"

뿌드득.

당문의 문주 당위호는 이빨을 으득 갈았다. 아무것도 모르는 이들은 배화교의 지원군이라 결론을 내렸다.

"출진해야겠소이다!"

당위호는 크게 외치며 전군에 명을 하달했다. 청성과 아미, 곤륜 쪽도 당위호의 결정에 순순히 따랐다. 그리고 배화교 쪽을 향해 출진했을 무렵 당위호는 뜻밖의 상황에 마주쳤다.

"아악!"

배화교의 진영은 엉망이었다. 사방에서 비명 소리와 피가 난무한다.

"도대체 무슨 일이 벌어지고 있는 거야?"

분명 배화교의 지원군이라 생각했던 놈들이 학살극을 벌이고 있었다. 더욱이 처참하게 당하는 쪽은 배화교도들이다.

"저… 저……."

그때 뒤에 서 있던 곤륜의 무사 한 명이 손가락으로 가리켰다.

당위호의 눈이 크게 떠졌다.

"활강시?"

하지만 이상하다. 어째서 활강시가 배화교를 치고 있는 것일까? 그때 한 활강시가 고개를 돌렸다.

"키힛?"

"키히?"

"키히?"

마치 놈이 신호를 내린 것처럼 한 무리의 활강시들이 당위호 쪽으로 고개를 돌렸다. 그리고,

"크히히!"

투앙!

놈들이 달려들기 시작했다.

"가, 가랏!"

당위호는 크게 외쳤다. 이렇게 나온 이상 후퇴할 수는 없는 일이었다. 결과적으로 그 판단은 크나큰 실책이 되었지만 말이다.

"아아……."

흑면야차는 새하얗게 질린 얼굴로 주위를 살폈다.

이곳저곳에서 터지는 비명 소리와 흩날리는 피.

아비규환의 상태였다.

"지옥이다… 지옥."

그 외에 다른 말로는 표현할 수가 없었다. 무엇이 어떻게 된 건가? 따위의 생각을 할 겨를조차 없었다.

악귀처럼 달려들고 잔인한 방법으로 죽여 버린다. 이쪽에서 할 수 있는 것은 단 한 가지도 없다.

놈들이 원하는 대로 죽어준다.

그들의 본능 속에 가득 찬 살의에 따라 죽어준다.

속절없이 찢겨지고 비명을 지르며 피를 흘리며 죽어준다.

"키히히."

주룩.

흑면야차의 눈가에 맺힌 눈물이 양 볼을 타고 흘러내렸다.

"어째서입니까?"

"키히히."

대답은 없다. 불과 얼마 전까지만 하더라도 자신이 모시던 교주는 이곳에 없다.

시퍼런 피부와 샛노란 눈, 그리고 피로 목욕을 한 활강시가 자신을 향해 이빨을 드러낸 채 다가올 뿐이다.

"어째서 이런 짓을 하시는 겁니까!"

"크힛!"

퉁!

백무혁이 달려들었고, 흑면야차는 두 눈을 질끈 감았다. 다가올 죽음을 준비하기 위함이었다.

쾅!

하지만 죽음은 다가오지 않았고 흑면야차는 눈을 떴다.

누군가가 백무혁을 막아서고 있었다.

"아……!"

"교주님."

광명우사는 안타까운 표정으로 활강시가 된 백무혁을 바라보았다.

"키히히!"

백무혁은 기괴한 웃음소리를 터뜨리고 있을 따름이었다. 광명우사가 누구인지, 또한 자신이 야율뇌풍의 꼭두각시가 되어 있는지 전혀 인지하지 못한다.

그에게 남은 것은 움직이는 모든 것을 죽이겠다는 살의뿐.

"죄송합니다!"

쩍!

광명우사는 세차게 백무혁을 밀쳐 낸 뒤 곧바로 일장을 출수했다.

콰당탕!

백무혁의 몸이 뒤로 쭉 밀려 나갔다. 광명우사는 고개를 돌려 흑면야차를 바라보았다.

"과, 광명우사님!"

흑면야차가 눈을 동그랗게 뜨며 몸을 일으켰다.

"자세한 이야기는 나중에 하세. 일단 자네는 살아남은 이들을 모아 도망치게."

"후퇴할 곳이 없습니다!"

어디로 후퇴를 하란 말인가.

비적.

백무혁이 몸을 일으켰다. 아무렇지도 않다는 표정이다.

광명우사는 눈살을 찌푸리며 흑면야차를 향해 외쳤다.

"무림맹 쪽으로 가게!"

"예?"

"지금은 아무것도 묻지 말고 일단 시킨 대로 하게. 알았나?"

"크히히!"

백무혁이 광소를 터뜨렸고 광명우사의 표정은 심각하게 굳어졌다. 막을 수 있을 것인가?

막아야 한다. 최소한 교도들이 후퇴할 동안의 시간은 벌어야 했다.

쿵!

"억!"

백무혁이 온몸으로 맞부딪쳐 왔다. 가까스로 막아냈지만 광명우사의 표정은 새하얗게 질렸다.

마치 몸이 쇳덩어리 같다.

'칫!'

광명우사는 검을 뽑아 들었다.

우웅! 우웅!

검이 울며 검날에 시뻘건 혈광이 맺혔다.

후웅! 하는 소리와 함께 검이 대각선으로 그어지며 검기가 쏟아져 나갔다.

"키힛!"

백무혁이 웃으며 마주 주먹을 내질렀다.

쾅!

검기가 권풍에 부딪쳐 폭발을 일으켰다.

"쿨럭!"

광명우사가 각혈을 하며 뒤로 세 걸음 물러섰다. 충격파를 고스란히 몸으로 받은 탓이었다.

다행히 큰 내상은 아니었지만 현재의 상황은 불리하게 돌아가고 있었다. 백무혁은 그 틈을 놓치지 않았다.

투앙!

몸을 추스를 틈도 주지 않았다. 광명우사가 재빨리 몸을 일으킬 무렵이었다. 갑자기 누군가가 막아섰다.

"흐읍!"

호흡을 들이마심과 동시에 검끝에 새하얀 빛줄기가 맺혔다.

콰아아!

검이 휘둘러짐과 동시에 새하얀 검기가 달려드는 백무혁을 덮쳤다.

카앙!

달려오던 백무혁이 강기에 얻어맞고 뒤로 십여 장이나 나가떨어졌다. 광명우사는 눈을 끔벅였다.

"멸천, 일어서게."

"만검."

자신을 구해준 사람은 바로 광명좌사였다.

"괜찮나?"

광명우사는 고개를 끄덕였다.

"약간의 내상을 당했을 뿐."

"다행이군."

광명좌사는 안도했다. 광명우사는 군은 표정으로 백무혁이 처박힌 쪽을 향해 손가락을 가리켰다.

"아직 끝난 것이 아닐세."

"음?"

고개를 돌려보니 백무혁이 비척거리며 몸을 일으키고 있었다. 광명좌사는 질렸다는 표정이다.

"대단하군. 전력을 다한 공격이었건만."

"크윽."

"주인이 저리된 꼴을 보니 괴로운가?"

광명좌사가 차가운 어조로 말을 이었다.

"나 역시 그랬었네. 한때는 자네의 주인이었겠지만 나에게는 적이야. 과거에도 그랬지만 현재도 마찬가지라네."

백무혁은 백한로를 교에서 쫓아낸 자다.

우웅! 우웅!

검이 울기 시작했다. 아니, 그뿐만이 아니었다. 검 전체에서 뿜어져 나온 흰색 기운이 이글거렸다.

"타앗!"

한줄기 강맹한 음성과 함께 검 주위에서 이글거리던 강기가 실타래처럼 뿜어져 나와 백무혁의 몸 전체를 덮어버렸다.

쿠아앙!

그 순간 백무혁이 이십여 장이나 뒤로 나가떨어졌다.

끼릭!

"허억! 허억!"

광명좌사는 검에 의지해 겨우 선 채 연신 가쁜 숨을 헐떡였다.

"이것으로도 무리던가?"

백무혁이 다시금 몸을 일으키고 있었다. 얼굴에는 예의 그 잔혹한 미소를 지은 채.

"일단은 우리가 시간을 끌어야 하네."

광명우사의 말에 광명좌사는 고개를 끄덕일 수밖에 없었다.

"가자!"

광명우사의 명대로 충실히 교도들을 추스른 흑면야차가 무림맹 쪽을 향해 내달렸고 광명좌사와 광명우사는 최전방에 남아 활강시들을 상대했다.

솔직히 상대라기보다는 조금 시간을 늦추는 정도였다.

"와아아!"

그때 들려온 함성 소리. 바로 적연과 백한로가 이끄는 무림맹 측의 지원군이었다.

"이야기는 잘되었습니까?"

광명좌사의 물음에 백한로가 고개를 끄덕이며 다가섰다.

"어떤가?"

"강합니다. 어떤 공격도 통하지 않습니다. 심지어 검기조차도……."

백한로가 입술을 깨물었다.

"그렇군. 과연 활강시라 이 말이로군."

"본 궁 쪽은 삼 일 후에 도착 예정입니다."

본 궁은 일월궁을 이야기하는 것이었다.

"또 만났군요."

적연은 광명우사의 옆으로 다가섰다. 광명우사는 표정을 굳히고 고개를 끄덕였다. 아직 자신의 제자를 죽인 적연에 대한 감정이 남아 있었기 때문이다.

적연은 검집에 손을 가져다 댔다.

"옛 감정은 나중에 이야기하도록 하지요."

"키히히!"

어느새 다른 활강시들 역시 모여들기 시작했다.

놈들의 흥미를 끈 것이다.

"무혁."

백한로의 표정이 서글퍼졌다. 어머니는 다르지만 같은 아버지의 피를 물려받은 동생이다.

그것을 부정할 수는 없다. 그런 동생이 활강시가 되어 자신을 향해 살기를 뿜어내고 있다.

백한로는 주먹을 꽉 쥐며 앞으로 나섰다.

"녀석은 내가 상대한다."

"위험합니다!"

광명좌사가 대번에 말리고 나섰지만 백한로의 뜻을 꺾을 수는 없었다.

"놈도 그것을 바라고 있을 게야. 나만을 바라보고 있지 않은가."

놀랍게도 백무혁의 시선은 백한로에게만 고정되어 있었다. 활강시가 가진 유일한 감정은 살의다.

또한 현재 백무혁이 가장 크게 살의를 느끼는 대상은 백한로였다.

"……."

"물러서게."

광명좌사는 뒤로 물러섰다. 백한로가 고집을 부리기 시작한 이상 자신은 비켜줄 수밖에 없음을 깨달았기 때문이다. 자신이 모시는 주인은 바로 그런 자이다.

그 점에 끌려 배화교에서 쫓겨난 백한로를 따른 것이기도 하고.

저벅 저벅.

백한로는 앞으로 걸어나오며 서글픈 표정을 지었다.

"지금 편하게 해주마."

드드드.

"음?"

적연의 눈이 크게 떠졌다. 발바닥에 느껴지는 미세한 진동은? 더욱이 그 진동의 발현지는 백한로 쪽이었다.

그 순간 광명좌사가 나지막한 어조로 중얼거렸다.

"적하화무신공."

대대로 교주들이 익힌다는 배화교의 비전신공이 백한로에 의해 끌어올려지고 있었다.

점점 그의 주위로 열기가 치솟아오르고 있었다.

백한로는 힐끗 고개를 돌리며 적연에게 말을 걸었다.

"비켜서 있게. 그렇지 않으면 타 죽을 거야."

주춤.

적연은 본능적으로 뒤로 물러섰다. 정말 그렇게 될 것이라고 본능이 알려오고 있었다.

"대, 대단하군. 대성하신 건가?"

광명우사는 침을 꿀꺽 삼키며 중얼거렸다. 눈앞에 서 있는 백무혁조차 팔성 이상 익히지 못했다.

광명좌사는 고개를 끄덕이며 백무혁의 등을 바라보았다.

"잊었던가? 저분의 자질을."

천하의 무골.

"약관의 나이에 태상교주님을 넘어서셨지."

무학의 천재다.

"일견 교주님을 천하에서 다섯 손가락 안에 든다 말하지.

하지만 저분의 진실된 실력은 나조차 짐작할 수 없을 정도야. 한 가지 확실한 것은……."

광명좌사는 이마에 솟은 땀을 닦아내며 말을 이었다.

"적가의 가주와 맞설 수 있는 유일한 분이란 거지."

화르륵!

백한로의 몸 주위로 시뻘건 불길이 이글거리며 올라왔고 그가 딛고 있던 대지는 시뻘겋게 변했다.

순식간에 땅에 머금어져 있던 물기가 증발한다.

뿌득! 뿌득!

마를 대로 마른 땅바닥이 비명을 지르며 갈라졌다.

그 순간.

퉁!

백무혁과 주위에 몰려 있던 활강시들이 땅을 박차며 백한로와의 거리를 순식간에 좁혀왔다.

번쩍!

순간 백한로의 눈이 부릅떠지며 일장이 출수되었다.

콰콰콰!

일시에 몸 전체를 감싸고 있던 불길이 놈들을 향해 해일처럼 쏟아져 나갔다.

콰우우!

엄청난 소리와 함께 순식간에 십여 구의 활강시들이 불길에 휩싸여 재조차 남기지 못한 채 사라졌다.

금강불괴든 도검불침이든 상관없다. 검기를 버텨내도 마찬가지다. 놈들이 버틸 수 있는 한계 이상의 공격으로 멸해 버린다.

"허억!"

순간 백한로의 몸이 휘청거렸다.

"교주님!"

"오지 마라!"

광명좌사와 광명우사가 황급히 다가가려 했지만 백한로가 손을 내저었다.

"아직 이곳은 뜨겁다. 접근하는 순간 타 죽을 거야."

그 증거로 갈라진 땅바닥은 새카맣게 탔고 열기로 인한 아지랑이가 올라왔다.

"키힛?"

"키힛?"

백한로가 낭패 어린 표정을 지었다. 그의 공격으로 처리한 수는 고작 십여 구. 하지만 이번에 모여든 놈들은 삼십에 달했다.

'팔조차 들 힘이 남아 있지 않건만.'

지금 달려들면 끝장이다. 일시에 자신이 가진 힘을 모두 긁어모아 뿜어냈기 때문이다. 속된 말로, 현재 백한로의 상태는 힘없는 어린아이보다도 못했다.

"키힛?"

그 순간 활강시들의 고개가 돌아갔다.

"......?"

그 모습을 바라보던 모든 이들이 고개를 갸웃거렸다. 순간 활강시들이 물러나기 시작했다. 그리고 순식간에 전장에서 빠져나갔다.

남은 것은 그들의 손에 죽은 수천 구에 달하는 시신뿐이었다.

"뭐가 어떻게 된 건지는 모르겠지만, 천만다행이로군."

백한로가 안도하며 바닥에 털썩 주저앉았다.

활강시들을 간신히 몰아내기는 했지만 정사 양측이 받은 피해는 엄청났다.

고작 세 시진 남짓의 짧은 시간 동안 근 팔천에 가까운 사람이 목숨을 잃었다. 부상자 따위는 남겨두지 않은 철저한 학살전이었다.

물론 백한로의 활약으로 인해 십여 구의 활강시들을 처리했지만 위안받을 수는 없었다. 지원군으로 왔던 소림이 몰살 당했고, 청성, 아미, 곤륜, 당문이 크나큰 피해를 입었기 때문이다. 특히 청성은 장문인을 잃었다.

적연은 자조적인 미소를 지으며 관자놀이를 손가락으로 꾹 눌렀다.

'맹주 직을 노리던 네 명 중 둘이 죽음을 당하고 살아남은

둘은 사면초가라니.'

무당의 청수는 해월천에게 당했고, 청성의 소초해 역시 오늘 활강시들에게 죽임을 당했다. 그뿐인가, 남궁세가주인 남궁천은 총사 직위를 잃고 압송되었다.

이제 남은 것은 소림의 원각 대사인데 그마저도 천해주의 맹주 취임으로 입지가 불안하게 된 터였다.

우연이라 치기에는 너무도 얄궂지 않은가.

'지금은 그런 것을 생각할 때가 아니야.'

일단 그것은 그렇다 치고 현재 이쪽의 상황은 상당히 혼잡스럽기 그지없었다. 바로 어제까지만 하더라도 철천지원수처럼 싸우던 배화교와 무림맹이 연합전선을 구축했기 때문이다.

수뇌부들이야 그렇다 치더라도 일반 무사들에게 있어 이것은 받아들이기 힘든 결정이었다. 진영을 따로 분리시켜 놓았지만 이 분위기를 어쩌지는 못했다.

'문제군.'

"…대주님?"

상념에 빠져 있던 적연이 정신을 차리고 고개를 들었다. 제갈여진이 그를 바라보고 있었다.

"아… 무슨 일이지?"

"회의에 늦으시겠어요."

"그렇군."

적연이 미소를 지으며 막사를 나설 무렵이었다.

"대주님은 도대체 어떤 분이죠?"

제갈여진의 물음에 적연이 의아한 표정으로 고개를 돌렸다. 뜬금없이 무슨 소리냐는 표정이었다.

"맹에 들어온 지 채 일 년도 되지 않아 이 정도 위치까지 올라오신 것은 고금을 통틀어도 대주님뿐일 거예요."

"그런가?"

적연의 되물음에 제갈여진은 어색한 미소를 지었다.

"대주님이 그만큼 대단하다는 거예요."

"그런 걸 묻고 싶은 게 아닐 텐데?"

흠칫.

제갈여진의 어깨가 한차례 흔들렸다. 정곡을 찔린 탓이다.

"…령이는 어디 있나요?"

"아!"

'그러고 보니 요즘 경황이 없었군.'

적연은 턱가를 매만지다가 제갈여진의 어깨를 한차례 토닥여 주었다.

"걱정할 것 없어. 조만간 다시 만나게 될 테니까."

"하지만 대주님과 령아의 관계는 예전처럼 되지 못하겠지요?"

해월령의 가문을 몰락시킨 것은 적연의 손에 의해서였다. 쓸쓸한 미소가 입가를 타고 번졌다.

"아마도 그렇겠지."

가문의 원수다.

"어쩌실 거예요?"

"뭐가 말이지?"

"령아가 복수하려 들면⋯⋯."

제갈여진의 목소리는 가늘게 떨리고 있었다. 적연은 그 모습을 물끄러미 바라보다가 입을 열었다.

"베어버리겠지. 그것이 나의 신조. 그 누구에게도 예외란 있을 수 없으니까."

저벅저벅.

말을 끝낸 적연이 걸음을 옮겼다. 제갈여진은 그의 뒷모습을 바라보며 고개를 푹 떨어뜨렸다.

어폐가 있다. 그렇다면 어째서 위험을 무릅쓰고 탈옥시켰을까.

"과연 그러실 수 있을까요?"

떨림을 머금은 그 목소리는 너무도 작아 입 근처에서만 머물렀다.

막사를 열고 들어간 적연은 이미 모여 앉아 있는 이들을 바라보며 짧게 읍을 올렸다.

"늦어서 죄송합니다."

"아닐세. 어서 앉게."

"예."

의자에 앉은 적연은 반대편에 마주 앉아 있던 백한로를 바라보았다. 상당히 초췌해진 얼굴이다. 적연의 시선을 느꼈는지 백한로는 쓴 미소를 지으며 입을 열었다.

"상당히 무리를 하기는 했네. 보름은 몸을 추슬러야 할 거야."

보름 동안은 전력에서 빠진다는 이야기다. 그 정도로 엄청난 무위를 보여주었는데 무리가 가지 않을 리 없지.

"현재 활강시들의 이동 경로는 파악되었습니까?"

"불행히도."

파악하지 못했다는 이야기. 적연은 예상했다는 표정으로 고개를 끄덕였다. 입맛이 쓰기는 하지만 어쩔 수 없으니까.

"어차피 놈들은 다시 올 테니까요."

"방비를 철저히 하는 수밖에 없겠군."

정파 측의 총사로 취임한 임계묵이 양미간을 매만지며 힘없이 중얼거렸다. 적연은 팔짱을 끼며 백한로에게 시선을 주었다.

"그건 그렇고, 그쪽의 총사도 슬슬 정해야 하는 것 아닙니까?"

"으음."

백한로의 얼굴이 어두워졌다. 확실히 지체할 수는 없었다.

그렇다고 백한로가 배화교 쪽의 총사를 맡을 수는 없다. 왜

냐하면 무림맹의 총사는 맹주의 명에 따라 취임했기 때문이다.

백한로 역시 배화교의 교주다. 그가 맡을 경우 무림맹주의 밑에 위치한 것처럼 보일 수도 있다.

"흐음."

백한로는 턱가를 매만지며 광명좌사와 광명우사를 바라보았다. 하지만 두 사람은 살짝 시선을 피한다.

"어쩔 수 없군. 그대 둘이 공동으로 맡게."

"예?"

광명좌사와 우사가 동시에 자리에서 벌떡 일어났다. 백한로는 어깨를 으쓱였다.

"명령일세."

"……"

명령이란다.

그렇게 배화교 측의 총사가 초날림으로 정해졌다.

第三十七章

위기

龍
劍風

빠득.

야율뇌풍이 이를 으득 갈았다.

"백한로……!"

자신의 활강시를 십여 구나 없애 버린 놈.

"하지만 소득은 있었다."

보아하니 백한로의 그 엄청난 힘은 단발성으로 보였다. 더욱이 쓰고 난 뒤에 눈에 띄게 힘들어하는 그 모습. 아무래도 다시 수복하는 데 꽤나 시간이 걸리는 듯 보인다.

아니라도 상관없다. 시간 차로 공격을 가하면 충분히 거꾸러뜨릴 수 있으리라.

결론은 내려졌다.

'일단 단체로 일시에 공격하는 것은 당분간 자제해야 되겠군.'

소수의 인원으로 치고 빠지며 조금씩 격차를 줄여간다.

"흐음……."

그럼에도 왜일까. 무언가 마음에 걸린다.

그것은 백한로를 향한 것이 아니었다. 바로 적연이었다.

백한로에 비해서는 약하기 그지없는 녀석이 왜 자꾸 마음 한편을 무겁게 만드는 것일까.

"흥!"

어차피 상관없다. 마음에 걸리면 처리해 버린다.

야율뇌풍은 어둠의 한편을 바라보았다.

"적연을 처리해."

"키히히!"

예의 기이한 웃음을 터뜨리며 해월천이 모습을 드러냈다.

*　　　　*　　　　*

무림맹과 배화교의 연합군은 천천히 북상하고 있었다. 목적지는 신강. 바로 배화교였다. 앉아서 기다리기보다는 보다 적극적으로 대응하는 게 낫지 않느냐는 의견이 있었고 수뇌부들은 받아들였다.

하지만 현재의 상황은 그리 좋지 않았다. 이유는 활강시들의 기습 때문이었다. 예전처럼 일시에 들이닥치는 것이 아닌 다섯씩 짝을 지어 나타났다가 치고 빠지는 작전을 택했다.

한 번 놈들이 공격해 올 때마다 기백 명이 죽어나갔고, 사람들 사이에는 공포심이 전염병처럼 퍼졌다.

언제 내가 죽을지 모른다는 두려움.

점점 사기는 떨어져 갔고 수뇌부에서는 뭔가 분위기를 전환시킬 계기가 필요했다.

그래서 생각해 낸 것이 술과 음식을 풀고 이틀간의 휴식을 내리는 것이었다. 때마침 무한 근처를 지나는 길이었기에 적연 역시 하루의 휴가를 얻어 무한으로 들어왔다.

같이 따라온 율무극과 제갈여진, 임지령을 객점에 보낸 뒤 적연은 하오문의 무한지부로 이동했다.

"다 고쳐졌군."

예전 오대가신가문의 위협으로 인해 부서졌던 취화정은 재건된 상태였다.

"어서 오십시오!"

취화정 앞에 대기하고 있던 호객꾼이 적연에게 다가오며 깍듯이 인사를 올렸다.

'무공을 익힌 자다.'

비굴하게 웃고는 있지만 몸에서 느껴지는 기세는 평범치 않다. 아마도 이곳을 지키는 무사들 중 한 명이리라.

"적연이 왔다 일러라."

"예이!"

호객꾼은 넉살맞게 대답하며 적연을 안으로 이끌었다.

"잠시만 기다려 주시겠습니까?"

"그러지."

적연은 가볍게 고개를 끄덕이며 한 켠에 놓여 있던 의자에 앉았다.

아침 초저녁이라 그러한지 내부는 그렇게 혼잡스럽지 않았다. 그렇게 얼마나 시간이 지났을까.

알리러 갔던 호객꾼이 다가왔다.

"이리로."

적연은 몸을 일으키며 이층으로 올라갔고, 은밀한 내실로 안내되었다.

서희는 내실 바깥까지 나와 적연을 맞이해 주었다.

"오래간만이로군."

"일단 안으로 드시지요."

적연은 고개를 끄덕이며 서희를 따라 내실로 들었다.

"왜 표정이 어두운 거지?"

의자에 앉은 적연이 서희의 얼굴을 물끄러미 바라보다가 물었다. 아닌 게 아니라 피부가 많이 상해 있었다.

"그, 그게……."

적연의 눈썹이 꿈틀거렸다. 뭔가 좋지 않은 이야기다. 그리고 그것이 해월령에 관한 것임을 본능적으로 깨달을 수 있었다.

적연의 눈치를 보는 것이 그 증거였다.

"그녀에게 무슨 일이 생긴 건가?"

"아… 그게."

"도망쳤나?"

서희의 눈이 크게 흔들렸다. 적연의 마음이 무거워졌다. 설마했는데 정말 그럴 줄이야.

"죄, 죄송합니다."

변명을 하지 않는다. 그 점 때문에 적연도 더 이상 추궁할 수가 없었다.

"후우."

적연의 입가에서 긴 한숨이 새어 나왔다. 감금당해 있던 해월령의 얼굴을 봤을 때 어느 정도는 예상했었는지도 모른다.

그녀의 성격상 이런 곳에 얌전히 있을 수는 없었을 터.

"하지만 대주님과 령아의 관계는 예전처럼 되지 못하겠지요?"

얼마 전 제갈여진이 했던 말이 생각났다.

머리가 지끈거리며 아파온다.

"행방은?"

서희는 고개를 내저었다.

"전혀요."

"하오문의 정보력으로도 말인가?"

"예."

이상하다. 하오문 정도 되는 곳이 해월령 정도를 찾아내지 못한단 말인가?

'불길하다.'

가능성은 두 가지다. 해월령이 하오문의 손이 닿지 않는 곳에 꽁꽁 숨었다거나.

'그 가능성은 없군.'

그녀의 성격으로 보건대 그것은 불가능에 가깝다.

'그렇다면.'

누군가에게 잡혔거나. 그것은 가능성이 있다. 아니, 둘 중 하나를 고르라면 분명 이쪽이다.

그렇다면 도대체 누가?

알 수는 없다. 하지만 한 가지 확실한 것은 해월령이 자신의 앞에 나타날 것이라는 점이다. 누구인지는 모르겠지만 해월령을 잡았다는 것은 적연에게 볼일이 있다는 점이다.

그것만은 확신할 수 있다.

적연은 몸을 일으켰다.

"이만 일어나지."

"벌써 가시게요?"

"볼일이 없으니까."

"앞으로도… 인가요?"

적연은 서희를 응시했다. 한껏 찡그려진 얼굴조차도 아름답다. 적연은 피식 웃었다.

"글쎄… 정도라고 대답해 주지."

그제야 서희의 얼굴이 약간이나마 펴졌다.

다시 만날 수도 있다는 가능성은 남겨두었기에.

머물고 있는 처소로 돌아왔을 무렵 다른 이들은 이미 식사를 마치고 잠자리에 들었다. 그간의 강행군으로 인해 적지 않게 피곤이 쌓였을 터.

적연 역시 대충 끼니를 때우고 잠자리에 들었지만 이내 몸을 일으켰다. 한참을 뒤척였음에도 잠이 오질 않았기 때문이다.

'바람이라도 쐬야겠군.'

일층으로 내려왔을 무렵 텅 빈 객잔에는 율무극만이 홀로 앉아 술잔을 기울이고 있었다.

"왜 주무시지 않고 내려오셨습니까?"

"잠이 오질 않는군. 그대는?"

율무극이 쓴 미소를 지었다.

"본래 늙으면 잠이 줄어드는 법입니다."

"간만에 나도 한잔 마실까."

"앉으시지요."

적연은 탁자 위에 놓인 술병을 바라보며 입을 열었다.

"안주도 없이 마시는가?"

"안주를 먹으면 술 본연의 맛을 느낄 수가 없으니까요."

"내가 있던 곳에서는 상상할 수도 없는 일이지."

"대막 말씀이시군요?"

적연은 고개를 끄덕였다.

중원에 비하면 대막의 술이란 것은 맛이 형편없었다. 여기처럼 다채로운 재료가 아닌 양젖과 같은 한정된 재료로 만들어 맛도 비리고 독하기는 이곳에 비할 바가 아니었다.

"대막에서는 무엇을 하셨습니까?"

"대막이라……."

적연은 말끝을 흐렸지만 이내 고개를 끄덕였다. 이쯤 되면 말해줄 때도 되었다.

"낭인무사였지."

"낭인무사……."

"왜? 실망했나?"

"아닙니다. 그런 것이 아닙니다."

율무극은 천만의 말이라는 표정으로 고개를 내저었다.

"평범한 낭인무사라 하기에는 너무도 이런 일이 익숙하신 듯 보여서 말입니다."

적연은 피식 웃었다.

"평범하지는 않았지. 일단은 우두머리 노릇을 하고 있었으니까."

"그러셨습니까?"

"뭐, 그런 셈······."

적연이 갑자기 말을 끊었다.

"왜 그러십니까?"

"쉿."

조용히 하라는 손짓을 하는 적연의 표정은 일그러졌다. 하필이면 검을 방에다 놓고 왔기 때문이다.

'빌어먹을.'

적연이 천천히 고개를 쳐들며 손가락으로 천장을 가리켰다. 눈치 빠른 율무극이 모를 리 없었다.

스윽.

적연과 율무극이 조심스럽게 의자에서 몸을 일으키며 뒤로 물러설 무렵이다.

투학!

천장이 박살나며 으깨진 기와와 천장을 지지하던 목재가 떨어져 내렸다.

탁!

적연과 율무극이 탁자 다리를 발로 차며 물러섰다. 시커먼 형체가 그 위로 착지한 것은 거의 동시였다.

콰작!

탁자 다리가 으스러지며 주저앉았다. 그리고 부서진 천장의 파편과 먼지의 한가운데에 해월천이 싯누런 이빨을 드러낸 채 기괴한 웃음소리를 흘리고 있었다.

"크히힛!"

"넌?"

적연의 두 눈이 크게 치켜떠졌다. 활강시, 아니, 강시라면 모두 공통적으로 가지고 있는 시퍼런 피부에 샛노란 눈동자를 가진 해월천이 적연을 바라보고 있다.

"…뭐냐? 너 역시 활강시가 된 것이냐?"

활강시가 된 해월천을 본 것은 이번이 처음이었고 직접 보기 전까지는 알지도 못했다.

그때 활강시의 입이 열리며 딱딱 끊어지는 말이 흘러나왔다.

"어… 떤… 가… 내… 가… 보… 낸… 선… 물… 이……."

적연의 눈이 꿈틀거렸다. 내가 보낸 선물이라 하면?

"야율뇌풍인가?"

"그… 만… 하… 고… 이… 만… 죽… 어… 주… 면… 고…맙… 겠… 어……."

뿌득.

"너 이 자식."

"그… 럼… 잘… 죽… 게……."

해월천의 입이 닫혔다.

꽈악.

적연은 주먹을 꽉 쥐며 해월천을 바라보았다. 어쩌다 저렇게까지 된 것인가?

"병신 같은 새끼."

"키히힛!"

어마어마한 살기를 뿌리는 해월천을 바라보며 적연의 눈이 번뜩였다.

"끝을 내주마."

그것이 적연이 해줄 수 있는 최선의 방법이다.

저벅.

적연의 발끝이 옆으로 한 걸음 옮겨졌다.

그 움직임은 아주 은밀하고도 신중하게 이루어졌다. 놈이 어떤 반응을 보이는지, 틈은 없는지, 그리고 가장 중요한 간격을 재기 위함이다.

놈이 공격해 올 반격과 궤적을 머릿속에 그려 최적의 거리를 산정한다. 적연의 예리한 눈은 해월천의 팔과 다리 길이를 이미 새겨두었다. 보폭을 얼마나 가져가야 피하거나 반격을 가하기에 최선인가.

짧은 시간 동안 모든 상황을 머리와 몸에 인지시킨 적연은 이번에는 호흡을 맞추기 시작했다.

세차게 뛰던 심장이 조금씩 안정을 찾아갔다.

현재 적연은 검을 가지고 있지 않은 상태. 불리하다면 불리

할 수도 있는 상황이다. 하지만 위기는 곧 기회란 말이 있지 않은가.

이 상황을 유리하게 가져오기 위한 관찰이 시작되었다. 금강불괴에 가까운 신체와 살아생전에 쓰던 무공을 쓸 수 있다. 그러나 그 위력은 몇 배나 가공하며, 가장 중요한 것은 놈에게는 고통이나 공포심이 없다는 점이다.

그것은 가장 원초적인 감정. 사람임을 증명하는 것이었다.

이로써 놈에게 약점은 거의 없다고 봐야 한다.

'하지만 거의 없을 뿐.'

놈도 완벽하지만은 않다. 다행히 적연은 백한로가 활강시들을 소멸시키는 장면을 보았다.

지금 중요한 것은 적연이 자기 자신을 믿는 것이다. 무엇을 할 수 있나?

그때였다.

끼익.

문이 열리는 소리.

"웬 소란이죠?"

뒤이어 들려온 귀에 익은 목소리는 제갈여진의 것이었다.

'이럴 때에!'

퉁!

순간 해월천이 땅을 박차며 적연을 뛰어넘었다.

'빌어먹을!'

적연은 해월천과 거의 동시에 몸을 날렸다.

핑!

해월천은 섬광처럼 제갈여진과의 거리를 좁혀갔고 숨 한 번 들이마시기 전에 지척까지 도달했다.

부릅떠진 제갈여진의 눈과 싯누런 이빨을 드러내고 있는 해월천. 그리고 해월천의 옆으로 돌아 들어가는 적연.

"키힛!"

해월천이 기괴한 웃음을 터뜨리며 손을 뻗었다. 시퍼렇고 길게 뻗은 손톱이 공기를 찢으며 제갈여진의 목줄기를 향해 뻗어나갔다.

후웅!

그 순간 제갈여진의 앞으로 적연이 솟구쳐 오르며 다리를 힘껏 내질렀다.

다리는 팔보다 길다.

쾅! 콰직!

간발의 차이로 해월천이 적연의 발에 걷어차여 계단에 틀어박혀 굴러 떨어졌다.

일층과 이층을 연결하는 목조 계단이 아래쪽으로 휘어졌다 느낀 것은 찰나.

뿌득!

목조 계단이 충격을 받아 비명을 질러대는 것은 그 직후였다.

콰직!

그러나 결국 버티지 못하고 부러지며 해월천과 함께 바닥으로 처박혔다.

우수수!

먼지와 부러진 파편으로 이내 장내는 자욱해졌다. 적연은 다급하게 제갈여진을 밀치듯 방으로 들여보낸 후 안력을 돋웠다. 하지만 그 순간 한 가지 사실을 깨달았다.

율무극은 아직 일층에 있다.

푸악!

순간 먼지를 뚫고 해월천이 튀어나왔다. 이번의 목표는 율무극이었다.

"피해!"

적연의 외침은 반사적이었고 율무극의 반격 역시도 그러했다.

놈이 도검불침임을, 자신의 검으로 벨 수 없음은 알았지만 몸은 반사적으로 반응했다.

슈가각!

다리에 박혀 있던 검이 정확히 해월천의 목을 베어 들어갔다. 하지만 결과는?

콰창!

검이 부러지는 소리가 고막을 찢을 듯 장내를 수놓았다.

율무극의 눈이 크게 치켜떠진다. 해월천의 목에 닿았던 자신의 검이 두 동강 나며 분리되는 장면이 느릿하게 시야에 각인되었다.

그 순간 그의 두 동공에 해월천의 손톱이 새겨졌다.

픽!

곧게 편 해월천의 손이 율무극의 가슴 한가운데를 파고들었다. 심장을 감싸기 위해 존재하던 두꺼운 흉골도 소용이 없었다.

투학!

등을 뚫고 피칠갑이 된 해월천의 손바닥이 보였다.

"커흑!"

율무극의 입이 벌어진다.

비릿한 피내음이 급격히 목 위로 치고 올라와 터져 나온다.

왈칵!

피가 해월천의 얼굴을 적셨다. 퍼런 피부에도, 싯누런 치아도 어느새 붉게 물들었다.

"키히히……!"

싯누런 치아?

벌려진 입?

도검불침인 금강불괴에 가까운 몸?

…가까운?

율무극은 해월천의 팔에 몸을 관통당해 공중에 대롱대롱 매달려 있다. 하지만 상황과는 달리 그의 입가에 미소가 번졌다.

"좋은 위치다… 공격하기에는."

율무극이 엄지손가락으로 해월천의 눈을 찌른 것은 그 순간이었다.

손가락에 느껴지는 약간의 탄력도 잠시.

푹!

더욱 세게 짓누르자 결국 버티지 못하고 동공이 터지며 눈 안으로 엄지손가락이 빨려 들어갔다.

이것으로 확실해졌다.

"네놈의 약점을……."

율무극의 오른 주먹이 해월천의 벌어진 입 안을 파고들었다.

퍽!

부러진 놈의 이빨이 쏟아져 내린다. 율무극의 주먹은 입을 부수고 들어가 머리 쪽으로 향했다.

까득!

해월천의 머리 안쪽에서 두개골이 부서지는 소리가 들렸다.

부러진 파편을 헤치고 더욱 위로 향하니 손아귀에 무언가 물컹하면서도 주름진 것이 잡힌다. 놈의 뇌였다.

율무극의 눈에서 광기가 스쳤다. 그것은 죽음을 목전에 앞둔 자의 것이었다.

"이러고도 네놈이 사나 보자!"

커다란 외침과 함께 손아귀에 힘이 가해졌다.

퍽!

작은 소리와 함께 손아귀에 잡혔던 무언가가 바스라졌다.

기우뚱.

해월천의 몸이 옆으로 기울기 시작한 것은 뇌가 터짐과 동시였다. 샛노랗던 눈이 위로 뒤집혀 올라가며 흰자위만이 남았다.

쿵!

처음에는 놈의 양 무릎이 땅에 닿았다.

움직임은 없다.

완전한 침묵. 괴물 같던 놈이 드디어 죽었다. 율무극은 바닥에 대 자로 누워 연신 피를 토해내고 있었다.

"쿨럭! 이, 이제야… 조용해졌다… 쿨럭! 군."

"율무극!"

적연이 크게 외치며 일층으로 뛰어내려 왔다.

"소, 소가주님……."

황급히 율무극의 상세를 살폈다. 엄청난 출혈로 인해 이미 그의 주위는 온통 피바다였다.

"놈들의 약점은… 쿨럭! 보, 보셨습… 니까?"

"말하지 마라! 곧 의원을 불러올 것이다!"

"분명… 보셨지요? 노, 놈들은… 결코… 무적이… 아, 아님……."

푹.

율무극은 말을 끝맺지 못한 채 고개를 아래로 떨어뜨렸다.

적연이 눈을 부릅떴다.

"눈을 떠라! 눈을 떠!"

적연이 다급하게 외쳤지만 대답은 들려오지 않았다.

"아……."

뭔가? 죽은 건가?

"…그런 건가?"

이미 온기는 식어가고 있었고 숨은 멈춘 상태였다.

"크아악!"

적연의 피를 토하는 외침이 터져 나왔다.

"흐흑."

제갈여진은 눈물을 흘리고 있었다.

"……."

임지령은 입을 꾹 다문 채 감정을 억누르기 위해 애쓰고 있었지만 눈가에서는 눈물이 쉼없이 양 볼을 적시고 있었다.

"영감님!"

미친개는 율무극의 죽음이 믿기지 않는다는 표정으로 절규했다.

괴롭지만 부정할 수 없는 사실이다.

"……."

적연은 침통한 표정으로 율무극의 시신을 내려다보았다. 그의 얼굴은 평온하기 그지없었다. 이제야 찌들었던 삶의 굴레를 벗어버린 양.

스윽.

가만히 손을 뻗어 율무극의 볼을 매만져 보았다.

차갑다. 얼음장마냥 차가워 실감을 할 수가 없었다. 하지만 이것이 현실임을 알고 있었다.

"그만 관을 덮어야 합니다만."

옆에 서 있던 장의사가 조심스럽게 물어온다.

"후우."

적연은 고개를 끄덕이며 뒤로 물러섰고, 장의사는 관을 덮은 뒤 못질을 시작했다.

쾅! 쾅! 쾅!

이내 시커먼 관이 봉인되었고 적연은 고개를 돌렸다. 그곳에는 서희가 서 있었다.

"부탁하오."

"저희가 좋은 자리에 안장해 드리겠습니다."

마음 같아서는 안장하는 곳까지 따라가고 싶지만 그럴 수가 없었다. 그들에게는 시간적 여유가 없었기 때문이다.

무한 밖에 대기하고 있던 정사연합군은 곧 이동할 것이고 적연은 복귀해야만 했다.

서희에게 부탁을 한 것은 어쩔 수가 없었다.

'하지만 내가 가지 않으면 율무극, 자네가 좋아하지 않겠지?'

필시 그러길 바라고 있을 것이다.

관이 묘까지 이동을 시작하자 적연은 몸을 돌렸다.

"돌아가자."

"예, 형님."

미친개는 고개를 끄덕였다.

걸음을 옮기던 적연이 고개를 돌려 점점 멀어져 가는 율무극의 관을 바라보았다.

'그대의 공은 잊지 않겠다.'

죽음과 맞바꿔 얻어낸 소중한 정보니까.

第三十八章

야율뇌풍의 반격,
그리고 적운의 등장

龍劍風

정사연합의 진영에 합류한 적연은 제일 먼저 백한로와 임계묵이 집무를 보는 곳으로 향했다.

적연은 무한에서 있었던 일에 대해 이야기했다.

"상심이 크겠군."

백한로는 처음 율무극의 죽음을 애도한 후 턱가를 매만졌다.

"하지만 그가 얻어낸 것은 정말로 크다네."

"예."

직접 주먹을 입 안으로 비집어 넣어 뇌를 파괴한다? 생각해 보지도 못한 방법이었다. 그때 가만히 생각하던 임계묵이 입을 열었다.

"하지만 말입니다, 도저히 실현은 불가능한 것 같군요."

그 점에 있어서는 적연이나 백한로도 동조했다. 자살 부대나 마찬가지가 아닌가. 실패 확률도 있을 테고, 가장 결정적으로 누가 섣불리 나설 수 있겠는가.

더욱이 수하들이 죽을 것을 뻔히 알고도 사지로 내몰 수는 없는 일이다.

임계묵은 쓴 미소를 지었다.

"물론 그의 죽음은 값진 것이었다는 것을 부정할 생각은 없네."

"그렇게 생각하지 않습니다."

"활강시가 절대무적의 존재라는 것이 깨진 것만으로도 이번 일이 시사하는 바는 커. 떨어졌던 사기도 약간은 올라가겠지."

"그렇습니다."

짝!

그때 백한로가 손뼉을 탁 하고 쳤다. 두 사람의 시선이 자연스럽게 백한로에게 향했다.

"한곳이 더 있다네."

"예?"

백한로는 희미한 미소를 지으며 손가락으로 자신의 귓구멍을 가리켰다.

"바로 이곳이지."

"아!"

적연의 눈이 크게 치켜떠졌다. 왜 그곳을 생각하지 못했을까.

"귀는 청각을 듣는다네. 그곳에 침투경이나 커다란 충격을 준다면 뇌를 터뜨릴 수도 있을 것이야."

"분명 좋은 생각입니다. 하지만 놈들에게 접근해 공격을 성공시킬 수 있는 이는 극히 드물지 않습니까?"

"으음……."

초고수들도 상대하기 어려운 활강시다. 거의 불가능에 가깝다고 봐야 한다.

"하지만 가능성은 방금 전 것보다는 훨씬 수월한 것도 사실이군요."

생각에 생각을 거듭해 보면 뭔가 조금 더 좋은 방법이 떠오를 듯도 싶다.

호북을 지나고 섬서를 지나 감숙에 들어선 것은 한겨울에 들어선 시점이었다. 대부분의 지역이 사막인 감숙은 그야말로 혹독했다.

사막임에도 불구하고 살을 에일 듯한 추위와 건조한 기후, 더욱이 엄청나기까지 한 일교차는 진군을 더디게 만드는 커다란 이유 중 하나였다.

하루에도 몇 명씩 동사하는 인원이 생겼고, 대부분은 무림맹 쪽의 병사들이었다. 그들은 감숙이나 신강에 대한 정보가 없었기 때문이다.

그에 비해 배화교의 인원들은 묵묵했다. 대부분이 신강 아니면 감숙의 사람들이었기에 익숙했다.

"사막은 더운 줄 알았습니다."

임계묵의 말에 백한로와 적연은 어깨를 으쓱였다.

분명 사막은 덥다. 하지만 그것은 햇빛이 비출 때의 일이다. 해가 떨어지면 엄청난 추위가 사람들을 집어삼킨다.

"더욱이 감숙은 고산 지대입니다. 앞으로가 더욱 힘들어질 것입니다."

"하서회랑인가?"

임계묵은 좌중을 둘러보며 중얼거렸다.

삼천 리에 가까운 길이를 자랑하는 하서회랑이다.

"협곡이라던데 양 끝은 보이지도 않는군."

백한로에게 하서회랑에 대해 듣기는 했지만 직접 봤을 때의 느낌은 다른 것이다.

하서회랑에 들어선 지 오늘로 한 달이 지났다. 그리고 오늘은 가욕관을 지나는 길이었다. 적연의 입가에 쓴 미소가 걸렸다. 해월령을 처음으로 만난 것이 바로 이곳이었기 때문이다.

그때 적연은 만두를 먹었고 해월령은 해월천이 고용한 살수들에게 쫓기는 상태였다.

그렇게 인연이 되어 무림맹에 들어왔고 수많은 일들이 있었다.

"일 년 하고도 반이라?"

생각해 보면 시간이 참으로 빨리 갔다. 적연은 고개를 내저으며 걸음을 옮겼다.

"그것보다 뭔가 불길하지 않습니까?"

옆에서 걷고 있던 미친개의 물음에 적연이 고개를 돌렸다.

"음?"

"요즘 들어 놈들이 너무 조용하잖아요."

"그래."

활강시들의 기습은 감숙에 들어선 직후부터 뚝 끊긴 상태였다.

그간 아군의 피해는 사천이 넘었지만 놈들의 피해는 열다섯에 불과했다. 그나마도 백한로나 적연, 둘이 해치운 것이다였다.

미친개는 턱가를 매만지며 자못 심각한 표정으로 중얼거린다.

"마치 큰 건수를 준비하고 있는 것 같아요."

"그럴 수도 있을 것, 아니, 필시 무언가를 꾸미고 있을 거야. 하지만 멈출 수는 없다."

어차피 야율뇌풍은 처리해야 할 자였고 그 시기는 되도록 빨라야 했다. 괜히 시간을 끌었다가는 더 큰 재앙이 닥칠 수도 있다.

"우리가 할 수 있는 것은 최대한 준비를 하는 것뿐이지."

야율뇌풍의 의도대로 놀아나는 것 같아 입맛이 썼지만 어쩔 수가 없었다.

그리고 그 말은 이틀 후 현실로 드러났다.

"으음."

널찍하던 하서회랑이 급격히 좁아져 협곡다워졌고 너비는 불과 십여 장(30미터)에 불과하게 되었을 때였다.

'예감이 좋지 않아.'

상당히 불리한 지형이다. 이 정도라면 소수의 인원으로도 충분히 대군을 막아낼 수 있다.

백한로 역시 같은 의견이었고 상의 끝에 정찰병을 보내기로 결정했다. 하지만 누구를 보낼 것인가.

"제가 가겠습니다."

적연이 앞으로 나섰다. 다른 이들은 별말없이 수긍했다. 직접 가는 것이 가장 안전할 것 같다. 일단 활강시에게 당할 확률은 낮은 편이니 말이다.

"다른 의견은 없으십니까?"

있을 리가 없었다. 적연은 고개를 끄덕이며 앞으로 나섰다. 그 외에는 아무런 대안이 없었다.

결국 적연이 맨 앞으로 나설 무렵이었다.

쾅!

갑자기 들려온 엄청난 폭발음.

"뭐지?"

적연이 날 듯이 뛰쳐나갔다.

"아!"

막사를 나섰을 때 가장 먼저 보인 것은 무너져 내리는 협곡이었다.

우르르!

커다란 암석 덩어리가 양측 협곡을 구르며 병사들 위로 떨어졌다.

"으아악!"

콰직!

암석덩이에 깔려 죽는 이들이 속출했고 순식간에 협곡 안은 아수라장이 되었다.

"이, 이럴 수가……!"

도대체 무슨 일이 일어난 것인가.

수뇌부들이 당혹과 혼란에 싸여 있을 무렵, 당문의 문주 당위호가 경악스런 표정을 지으며 손가락으로 가리켰다.

"저, 저거!"

"헉!"

당위호가 가리킨 곳으로 시선을 준 백한로의 눈이 크게 치켜떠졌다. 협곡 위로 활강시들이 하나둘씩 모습을 드러내고 있었다. 하지만 더욱 믿지 못할 사실은 놈들의 손에 들려 있는 흑색 구슬이었다. 바로 화탄이었다.

"말도 안 돼!"

놀랍게도 놈들은 화탄을 사용하고 있었다. 강시들이 화탄을 사용한다? 그것이 말이 되는가? 비록 놈들이 어느 정도 사고력을 가지고 있다고는 하나 화탄을 사용할 수 있을 정도라고는 생각지 못했다.

불을 붙이고 겨냥한 곳에 던진다는 것은 그간 강시에 대해 알려진 상식을 뛰어넘는 것이었다.

"이런 빌어먹을!"

놀람도 잠시였다. 활강시들이 불을 붙인 화탄을 밑으로 던지기 시작했다.

"후퇴하라!"

놀란 임계묵이 크게 외쳤다. 하지만…….

"퇴로가 막혔습니다!"

처음 무너져 내렸던 협곡이 이들의 유일한 퇴로였다. 남은 길은 한곳. 무조건 전진밖에 없다.

쾅!

그 순간 이어진 커다란 굉음과 함께 전방의 협곡이 무너져 내리는 모습이 이들의 눈가에 맺혔다. 백한로는 신음성을 흘리며 나지막한 목소리로 중얼거렸다.

"고립되었군."

콰콰쾅!

놈들이 던진 화탄이 이곳저곳에서 터지기 시작했고 폭발에 휘말려 사람들이 공중으로 치솟거나 육편이 사방으로 튀었다.

뿌드득.

주먹을 꽉 쥔 적연이 고개를 들어 양 협곡 위로 늘어선 활강시들을 바라보았다.

'어떻게 된 거지?' 따위의 생각은 하지 않았다. 그저 본능적으로 땅을 박차고 허공으로 치솟아올랐을 뿐이다.

팍! 팍!

튀어나온 바위를 박차고 허공으로 치솟은 적연이 협곡으로 올라섰다.

"키힛!"

적연이 뛰어올라 오자 활강시 한 놈이 득달같이 달려든다. 전 배화교의 대장로였던 한중천이었다.

슈가각!

검이 휘둘러짐과 동시에 시뻘건 검기가 적연을 노리고 쏟아져 들어왔다. 적연은 피하지 않았다.

"훙!"

텅!

검기는 적연의 몸에 채 닿지도 못한 채 튕겨져 한중천에게 되돌아갔다.

"킥?"

콰콰콰!

자신이 날려 보낸 검기에 그대로 당한 한중천의 몸이 뒤로 쭉 밀려 나갔다. 적연은 재빨리 놈과의 거리를 좁혀가며 손바닥을 폈다.

"내공을 담은 공격은 나한테 통하지 않는다고 했잖아!"

퉁!

외침이 끝남과 동시에 적연의 손바닥이 놈의 귓구멍을 정확히 후려쳤다. 손바닥을 통해 시작된 충격은 귓구멍을 타고 들어갔다.

찍!

얇은 고막이 터지며 그 안에 자리 잡고 있던 달팽이관이 파열되었다.

기우뚱!

한중천의 몸이 기울어졌다. 신체의 균형을 잡는 달팽이관이 파괴되었기 때문이다.

우웅……!

적연의 손바닥에 희미하지만 누런 색의 기운이 맺혔다. 순간 적연이 양 손바닥으로 놈의 오른쪽과 왼쪽 귀를 가볍게 때렸다.

찌이잉!

귀를 타고 들어간 충격이 거칠 것 없이 뇌를 파괴했다. 한중천의 눈동자가 뒤집히며 그대로 자리에 주저앉았다.

허무한 결말이었다.

"키힛!"

그리고 들려온 소리에 적연이 본능적으로 다리를 굽히며 주저앉았다. 그와 동시에 위로 시퍼런 손톱이 스치고 지나갔다. 적연을 노리고 양쪽에서 공격해 들어온 것이다.

'이제는 합공까지? 기가 찰 노릇이군.'

"흐읍!"

적연이 검을 뽑았다. 시뻘건 선이 그려지며 활강시들을 덮쳤다.

캉!

"……!"

적연의 눈이 크게 치켜떠졌다. 혈선강기에도 활강시들은 베어지지 않았다. 옷가지만이 베어질 뿐 시퍼런 피부는 멀쩡했다.

"키힉?"

적연의 공격이 통하지 않음을 깨달은 것일까? 놈들이 떼를 지어 적연에게 달려들었다.

순식간에 이십여 활강시들에게 포위당한 적연이 공중으로 뛰어오르며 한 놈의 머리를 밟고 포위진에서 빠져나왔다.

콰콰콰!

협곡 밑에서는 연신 화탄이 터지고 있었고 사람들은 속절없이 죽어나간다.

'이럴 수는 없다! 이럴 수는 없어!'

적연이 입술을 꽉 깨물었다. 그때 갑자기 활강시들이 움직임을 멈췄다.

'또 뭐야?'

한참 신나게 공격을 하던 활강시들이 갑자기 공격을 멈춘 것은 분명 이상했다. 그것으로 모자라 놈들이 갑자기 몸을 날려 한곳으로 모이기 시작했다.

처처척!

순간 활강시들이 대열을 맞추더니 무릎을 꿇고 앉아 고개를 숙였고 그들의 중앙에 한 사내가 서 있었다.

적연의 눈이 부릅떠졌다.

"저놈은!"

사내, 야율뇌풍은 뒷짐을 진 채 협곡 아래의 아수라장을 내려다보았다.

뿌드득.

적연이 이빨을 으득 갈았다. 저놈이 이번 일의 원흉이다.

"네 이놈!!"

그 순간 적연의 옆을 스쳐 치고 나가는 이가 있었다. 광명우사였다.

배화교를 집어삼키고 죽었던 자신의 제자 일월을 살려낸 놈이다. 더욱이 야율뇌풍을 배화교로 받아들인 것은 광명우사 자신이 아닌가.

"흥!"

야율뇌풍은 콧방귀를 뀌며 급격하게 거리를 좁혀오는 광명우사를 바라보다가 손을 휘둘렀다. 순간 활강시들이 광명우사와 맞붙어갔다.

콰콰콰!

광명우사의 검이 휘둘러지며 혈광이 활강시들을 덮쳤다. 하지만 혈선강기조차 버텨낸 놈들의 신체다. 통할 리가 없었다.

카카캉!

활강시들은 몸으로 광명우사의 강기를 받아내며 앞으로 돌진했다.

"······!"

퍼버벅!

"커흑!"

광명우사가 신음성을 토해냈다. 활강시의 손이 가슴팍을 뚫고 지나갔기 때문이다.

"이런 빌어먹을!"

적연이 급한 마음에 욕설을 토해내며 앞으로 뛰어나갔다. 하지만 놈들은 이미 뒤로 물러선 상태였다.

"오늘은 이만하도록 하지."

야율뇌풍은 적연을 바라보며 야릇한 미소를 짓고 있었다.

적연은 주먹을 으스러져라 쥐며 야율뇌풍을 노려보았다.

"죽인다. 넌 기필코 내 손에 죽어!"

"말했잖나? 난 누구에게도 지지 않는다고."

야율뇌풍은 가볍게 어깨를 으쓱이며 몸을 돌리며 말을 이었다.

"아직은 끝낼 생각이 없어. 천천히, 그리고 아주 철저히 파멸시켜 주마. 한 놈도 살려두지 않아. 절망의 틈바구니에 빠져 봐라."

"거기 서!"

적연이 땅을 박차며 앞으로 나서려 했지만 활강시들이 길을 막아섰다. 놈들의 손에 들린 화탄이 적연을 지나 바닥에 널브러져 있는 광명우사를 향해 날아갔다.

"이런 쌍!"

적연은 욕설을 토해내며 뒤로 몸을 날려 광명우사를 잡아챘다.

콰콰쾅!

가까스로 폭사는 피할 수 있었지만 야율뇌풍은 놓치고 말았다. 적연은 발로 땅바닥을 탁 찼다.

"제길."

하지만 분함도 잠시였다. 중요한 것은 광명우사의 상태였다. 황급히 상처를 살핀 적연의 얼굴이 일그러졌다.

이미 숨이 멎었다.

"빌어먹을!"

오늘은 치욕의 날이었다. 전략과 기량 모두에서 야율뇌풍에게 완벽하게 농락당했다.

협곡에서의 공격은 정사연합에 엄청난 피해를 입혔다.

이만에 가까운 사망자와 부상자도 삼만에 가까웠다. 하지만 가장 큰 것은 부상자 중 대다수가 중상이라는 점이다. 그 한 번의 공격에 오만에 가까운 전투 인원을 손실한 셈이 되었다.

여기저기서 끊임없이 비명 소리가 들려오고 수뇌부는 침통함에 휩싸였다. 이번 기습으로 인해 광명우사를 잃은 것은 이쪽에서도 엄청난 손실이었다.

"바보 같은 놈!"

백한로는 광명우사의 아둔함을 탓하며 주먹을 꽉 쥐었다. 어찌 자신의 감정 하나를 추스르지 못했단 말인가.

"피해가 너무 심각합니다."

임계묵의 어투는 지금의 심정을 대변해 주고 있었다. 아무리 생각해도 너무도 큰 타격을 받았다. 이래서야 힘들지 않은가.

"이 숫자만으로는 죽도 밥도 안 됩니다."

"그렇다면 어쩌자는 소리요?"

"일단 퇴각을 하는 것이……."

백한로는 눈을 감았다. 정녕 그리해야 하는 것인가. 답답한 것은 그 수밖에는 생각나지 않는다는 점이었다.

지금의 숫자로는 놈들을 이길 가능성 따위는 남아 있지 않다.

적연은 턱가를 매만지며 입을 열었다.

"하지만 놈들이 우리가 후퇴하도록 내버려 둘까요?"

"그, 그건······."

모두들 쉽사리 말을 잇지 못했다. 바보가 아닌 이상 놈들이 가만히 있을 리가 없었다.

"그것이 놈이 노리는 바일 것입니다."

"그렇다면 어떻게 해야 하나?"

적연은 눈을 지그시 감았다.

"강행돌파."

"말이 된다고 생각하나?"

임계묵이 펄쩍 뛰며 반문했다. 지금의 이 숫자로 어떻게 강행돌파를 한단 말인가. 병사들의 사기는 바닥에 떨어진 상태다.

"그대는 우리가 몰살당하기를 원하는 건가?"

"후퇴하면 지는 겁니다. 그것이 놈이 원하는 바임을 왜 모르십니까?"

"······."

틀린 말은 아니었다. 이곳에서 후퇴한다는 뜻은 곧 무림의 패배를 의미했다. 그것이 야율뇌풍이 원하는 바이다.

현재 그는 활강시를 이용해 일종의 무력시위를 벌이고 있는 셈이다.

그리고 정사연합군을 몰살시킨 뒤 선포할 것이다. 이제 무림의 주인은 자신이라고.

이미 자신의 힘은 충분히 보여주었고 거칠 것이 없으리라.

그 후로는 간단하다. 잔챙이들만 숙청해 가면 된다.

"결국에는 아무런 대책 없이 전진하자는 말뿐이로군요."

아미파의 장문인인 혜원 선사가 자조적인 어조로 중얼거렸다. 그녀는 잠시 생각하다가 몸을 일으켰다.

"그렇다면 우리는 빠지겠습니다."

갑작스런 선언. 모든 이들의 시선이 그쪽으로 향했다. 임계묵은 놀라서 외쳤다.

"그게 무슨 소리요!"

"저희들은 이만 빠지겠다 하였습니다. 아무런 대책도 없이 이 이상의 손실을 감수할 생각은 우리 아미에게 없습니다."

그녀가 물꼬를 튼 것일까. 그때까지 아무런 말도 하지 못하던 곤륜 역시 동조하고 나섰다.

"저희들도 여기까지입니다."

임계묵은 눈을 부라리며 되물었다.

"야율뇌풍에게 굴복하겠다는 뜻이오?"

"함부로 말씀하시지 마십시오. 이런 싸움을 벌여 도대체 우리가 얻는 것이 무엇이오? 어제 공격으로 우리 제자들이 절반이나 몰살당했소이다. 자칫 잘못하다가는 우리 곤륜은 문을 닫아야 할 지경이란 말이오! 정 막고 싶다면 특출난 대책을 내놓아보시던지!"

"크윽."

임계묵은 이빨을 으득 깨물었다. 솔직히 지금으로서는 아무런 확답도 줄 수가 없었다.

"저희들도 마찬가지입니다."

"우리도 마찬가지요!"

아미와 곤륜이라는 거대 방파가 반박하고 나오자 군소 문파들의 사람들 역시 앞 다투어 나섰다.

수뇌부 안은 순식간에 아수라장이 되었다.

"가겠소!"

"돌아가겠소!"

다른 말은 하지 않는다. 오로지 돌아가겠다는 말뿐이다. 임계묵의 안색이 시뻘겋게 달아올랐다.

"어찌들 이러실 수가 있소이까!"

"한탄해 봤자 소용없습니다. 본래 그런 작자들이니까."

비아냥거리는 목소리에 모두의 시선이 돌아갔다. 적연이 팔짱을 낀 채 웃고 있었다. 곤륜의 장문인이 입가를 씰룩이며 입을 열었다.

"지금 뭐라고 했나?"

"본래 그런 작자들이라 했다."

"네 이놈! 어디서 배워먹은 말버릇이더냐!"

곤륜의 장문인이 크게 외쳤지만 적연의 표정에는 변화가 없었다.

"너희들에게 그런 자격이 있다고 생각하나? 상황이 여의치 않을 것 같으니 도망치는 패배자들에게? 난 그러고 싶지 않다."

"이보게! 말이 좀 과하지 않은가?"

임계묵이 급하게 말리고 나섰지만 적연은 고개를 내저었다. 그는 막사 안의 이들을 쓱 둘러보며 입을 열었다.

"이번 기회에 공을 세워 한몫 잡아보려 했겠지. 이길 수 있을 것 같았거든. 하지만 상황이 여의치가 않아. 질 것 같아. 아니, 이미 너희들은 졌다고 생각한 거야. 차라리 그렇다면 재빨리 발을 빼자."

적연의 입꼬리가 비틀려 올라갔다.

"이렇게들 생각한 것 아닌가?"

"더 이상은 참을 수 없다."

"참을 수 없다?"

그그그!

적연의 몸 주위로 시뻘건 기운이 스멀거리듯 흘러나왔다. 순간 막사 안 모든 이들의 표정이 새하얗게 질렸다. 자신들로

서는 감내할 수 없는 엄청난 기운이 몸 전체를 짓눌렀기 때문이다.

적연은 히죽 웃으며 말을 이었다.

"그렇다면 어찌할 텐가? 나에게 덤벼볼 텐가? 그것도 좋다."

"크윽!"

곤륜 장문인의 얼굴에 짙은 패배감이 드러났다. 그것은 다른 이들도 마찬가지다. 모두들 본능적으로 느낄 수 있었다. 지금의 적연에게 경솔하게 달려들었을 때 어떤 결과가 나올는지를 말이다.

"가고 싶은 자는 가라. 막지 않는다. 단, 차후 야율뇌풍을 이 손으로 몰락시킨 후 너희들이 어찌 나오는지 보겠다."

슈우욱.

몸 주위를 둘러싸던 혈기가 거짓말처럼 공기 중으로 흩어졌다.

하지만 모두들 우물쭈물할 뿐 쉽사리 움직이지는 못했다. 방금 전까지 적연이 뿜어냈던 흉포한 기에 압도당한 탓이었다.

백한로는 혀를 끌끌 차며 고개를 내저었다.

"어차피 마음들이 떠난 이상 있어봤자 도움이 안 되는 법. 부상자들을 모두 수습해 가는 조건으로 철군을 허락하겠소."

그제야 사람들이 황급히 막사를 나섰고, 짧은 시간 안에 모두들 자신들의 병사와 부상자들을 이끌고 사라졌다. 숫자는 순식간에 절반으로 줄어들었다.

어차피 부상자들은 전력에서 이탈한 셈이었으니 백한로 입장에서는 최선의 선택을 한 것이다.

살아남은 배화교도 칠천에, 다른 문파가 아닌 무림맹 직속 병사들 사천을 합해 간신히 일만을 넘겼다. 그야말로 참혹한 상태다.

"후우."

임계묵은 털썩 주저앉으며 한숨을 내쉬었다. 적연은 씁쓸한 표정을 지었다.

"자네가 잘한 것인지 난 모르겠어."

"지금 막아도 언젠가는 문제가 터졌을 터."

임계묵은 고개를 떨궜다.

"그래도 기분이 씁쓸하군. 저토록 이기적일 줄이야."

"이만 일어나시죠. 얼른 나가셔서 어수선한 분위기를 바로 잡아야 합니다."

"그래, 그래야겠지."

어제까지만 하더라도 옆에서 싸우던 동료들이 대거 철군해 버렸으니 병사들의 동요도 대단할 것임에 분명했다. 그나마 배화교도들은 백한로와 광명좌사가 있지만 이쪽은 임계묵을 비롯한 소수의 수뇌부들만 남았다.

그들이 할 수 있는 것은 최대한 냉정하게 현실을 이야기해

주고 그들을 납득시키는 수밖에 없었다.

그때 막사 한편에서 격양된 목소리가 터져 나왔다.

"잘하면 되겠군!"

갑자기 들려온 소리에 막사 안에 남았던 이들의 시선이 몰린 것은 당연했다. 그곳에는 당위호가 앉아 있었다. 어려서부터 절친한 친우 사이인 임계묵이 고개를 갸웃거렸다.

"그대는 가지 않았나?"

"애초부터 그런 생각 따위는 하지도 않았네."

당위호는 표정을 굳히며 말을 이었다.

"우리 쪽은 거의 다 죽었네. 어차피 더 이상 잃을 것이 없어."

영산에서의 전투를 비롯해 협곡에서 가장 큰 피해를 입은 것은 당문이었다. 현재 살아남은 이는 당위호를 비롯해 수십 명에 불과했다.

"만약 자네가 죽으면 당문은 어찌하라고?"

"아들내미가 있지 않나? 다행히 타고난 재능이 비범해. 나보다 나. 잘할 게야."

쓴웃음을 짓는 당위호를 바라보며 임계묵은 부드러운 미소를 지었다.

"고맙네. 정말 고마워."

"고마워할 것 없네. 적풍대주 말대로 우리가 이기면 떡고물이 좀 떨어지겠지? 차라리 잘되었어. 숫자가 줄어든 만큼

내 몫이 더 커진 셈이니까."

"이 상황에 농담인가?"

당위호가 장난스레 말하자 임계묵은 그의 어깨를 툭 쳤다.

적연은 그 모습을 바라보다가 슬그머니 끼어들었다. 아까 그가 말한 잘하면 되겠다는 말이 궁금했기 때문이다.

"그런데 선배님, 무슨 생각을 하셨습니까?"

모든 이들의 시신이 향했다. 당위호는 미쓱한 표정을 지으며 머리를 긁적였다.

"좀 엉뚱한 생각을 해봤네."

적연은 고개를 갸웃거렸다.

"뭡니까?"

"차라리 녹여 버리면 되지 않을까? 하고 말일세."

"녹이다니요? 그게 무슨 소립니까?"

"놈들이 아무리 강기가 통하지 않는다고는 하지만 귓구멍이나 눈은 어찌할 수 없지 않나?"

아직 뭐가 뭔지 제대로 감이 잡히질 않았다. 당위호가 격양된 목소리로 설명을 시작했다.

"우리 당문에서 연구 도중 기묘한 액체를 발견했네. 이른바 뭐든지 녹여 버리는 놈이지."

"녹여 버린다?"

"그렇다네. 화산에서 나오는 독기에서 추출했는데 쇠도 녹일 만큼 독하지. 우리는 용수(鎔水)라고 이름 붙였다네."

적연의 안광이 번뜩였다.

"녹이는 물이란 뜻이로군요. 공수할 수 있습니까?"

당위호는 고개를 끄덕였다.

"물론."

"최대한 많아야 합니다."

"내 바로 당문에 연통을 넣어두지."

당위호가 선선히 수락하자 적연은 턱가를 매만지며 무언가를 골똘히 생각하다가 입을 열었다.

"제 계획은 간단합니다. 커다란 웅덩이를 판 다음 그곳에 당문의 문주께서 말씀하신 그 용수란 것을 가득 채웁니다. 그리고 활강시들을 잡아다가 거기에 담가 버리는 거지요."

"하지만 무슨 수로?"

문제는 놈들을 어떻게 잡느냐는 것이다.

"알맞은 놈들이 있습니다."

적연은 눈가를 빛내며 미친개에게 시선을 주었다.

"예?"

구석탱이에 앉아 있던 미친개가 눈을 끔벅였다.

적연은 나지막한 어조로 미친개에게 말했다.

"대막에 좀 다녀와야겠다."

*　　　*　　　*

"어서어서 서둘러요."

지여선은 인부들을 재촉하며 마굴 파기에 만전을 기하고 있었다.

몇 달째 열심히 하고 있었다. 다행히 이제는 조금씩 끝이 보이는 듯해서 다행이다.

"어떻게 되고 있소?"

문득 옆에서 들려온 소리에 고개를 돌려보니 한산이 다가오고 있었다.

황산에서 그리 멀리 떨어지지 않은 적당한 곳을 골라 정착한 후 한산은 지여선을 돕고 있었다.

"오늘도 오셨네요?"

황산 대협곡에서의 일 이후 자신이 적연을 몰아붙인 것에 대해 자책하고 있었다.

"뭐… 할 일도 없고 해서 말이오."

물론 다른 이유도 있지만.

한산은 괜히 말끝을 흐리며 지여선과의 시선을 회피했다. 지여선은 그런 한산을 의미심장한 눈빛으로 쳐다보다가 어깨를 으쓱였다.

뭐 어떤가. 사람 일손이 부족한 이때 굳이 도와준다는데.

"점심 싸왔어요?"

"오늘은 요 밑 계곡에 가서 먹지 않겠소?"

"좋지요. 그렇지 않아도 배고팠는데."

지여선은 빙긋 웃으며 한산의 뒤를 따랐다.

"시원해."

계곡가에 자리를 펴고 앉은 지여선이 기지개를 켰다.

"자, 드시오."

어느새 바리바리 싸온 도시락을 꺼낸 한산이 식사를 권했
다.

"오늘도 화려하네요?"

"뭐, 그렇지."

"맛있겠다."

지여선은 예쁘게 웃어 보이며 젓가락을 집어 들었다. 그렇
게 한참 식사를 하던 중 지여선이 지나가는 투로 물었다.

"내 어디가 좋아요?"

"풋!"

순간 한산이 오물거리던 음식을 토해냈다. 어느새 얼굴은
빨갛게 달아올랐다. 그런 모습이 우스웠던지 지여선이 깔깔
거리며 웃었다.

"다, 당최 무슨 소리를 하는지 모르겠구려."

"흐웅?"

지여선이 대뜸 한산에게 자신의 얼굴을 들이밀며 관찰하
듯 눈을 마주쳤다.

"아닌가요?"

"……"

"이상하네. 보통은 환심 사려고 이런 짓 하지 않나요?"

침묵은 곧 긍정이다. 한산은 아무런 대답도 하지 못했다. 지여선은 그것 보라는 듯 미소를 짓다가 손가락을 좌우로 흔들었다.

"날 좋아해 주는 건 고마운데, 불행히도 당신은 내가 좋아하는 유형이 아니에요. 뭐, 처음에는 꽃미남이다 보니 조금은 호감을 가진 것도 사실이지만요."

"당신이 좋아하는 유형의 남자는 뭐요?"

"글쎄요. 좀 덜렁대고 바보스러운 남자랄까?"

한산은 고개를 갸웃거렸다.

"그런 남자가 좋소?"

"엣취!"

대막으로 한참을 내달리던 미친개가 코를 문질렀다.

"누가 내 욕하나?"

지여선은 무릎에 턱을 괴며 뚱한 표정으로 입을 열었다.

"뭐… 제가 생각하기에도 좀 독특한 취향이라고 생각은 해요."

"이유가 있을 것 아니오?"

한산의 물음에 지여선이 잠시 고심하더니 머쓱한 얼굴로

입을 열었다.

"글쎄요. 한눈 안 팔고 나한테만 잘할 것 같아서?"

"……."

"키우는 맛이 있을 것 같고……."

점점 이유가 이상해져 가고 있다.

'사육하겠다는 의민가?'

그리고 한산은 점점 삐뚤어지게 받아들이고 있었다.

"아악!"

갑자기 두 사람에게 들려온 찢어질 듯한 비명 소리.

"저 비명 소리……?"

"마굴이오!"

벌떡.

한산과 지여선이 곧바로 땅을 박찼다.

"여긴 황산이잖아요?"

해월령은 눈살을 찌푸리며 허난경을 바라보고 있었다.

"응. 네 말대로야."

"분명 적연을 만나러 간다고 하지 않았던가요?"

그간의 이야기는 해월령도 들어 알고 있었다. 그만큼 무림
에 파장이 컸기 때문이다. 그런데 어째서 황산인가?

"여기에 좀 마무리 질 일이 있거든."

허난경의 눈가가 번뜩였다. 해월령은 왠지 모르게 오싹함

을 느꼈다. 그간 같이 다녀본 바로 허난경에게서 발견한 이상한 점은 한두 개가 아니었다.

분명 적연을 만날 수 있는 기회가 몇 번이고 있었지만 피하는 듯한 인상이다. 뭐가 뭔지는 알 수 없었지만 본능적으로 한 가지만은 확실했다.

'적연에 대해 적개심을 가지고 있어.'

왜일까?

"빨리 걸어."

생각에 빠질 틈도 주지 않은 채 허난경은 해월령의 등을 떠밀었다.

"가요! 가면 될 거 아니에요!"

해월령이 짜증스럽게 외치며 앞으로 나아갔다.

그 후로도 약 두 시진가량을 걸었을 무렵 두 사람은 마굴을 파는 현장에 도착했다. 파낸 바윗더미에 앉아 점심을 먹던 인부들이 몸을 일으켰다.

이런 험한 산골에 모습을 드러낸 두 명의 여자들 때문이었다. 더욱이 허난경이나 해월령 모두 귀티나 보이는 얼굴이지 않은가.

"누구십니까?"

인부 중 한 명이 물었다. 허난경은 부드러운 미소를 지으며 입을 열었다.

"감독하는 사람은 어디 있나?"

"식사하러 잠시 자리를 비웠습니다요."

"흐음. 그렇군."

허난경은 양손을 허리춤에 얹은 채 마굴을 바라보았다.

"진척은 좀 있나?"

"뭐, 며칠 내로 끝날 것 같습니다만."

"그런가? 잘됐네."

"예?"

스릉.

허난경이 차가운 표정으로 검을 뽑아 들고 휘둘렀다.

서걱! 통… 통…….

"……."

인부의 머리통이 바닥으로 떨어져 굴렀다. 그 모습을 바라
보던 해월령이 양손으로 얼굴을 감싸 쥐며 찢어질 듯한 비명
을 질렀다.

"아악!"

"우와악!"

갑작스런 상황에 놀란 것은 인부들도 마찬가지였다. 방금
전까지 같이 식사를 하던 동료의 머리가 떨어졌다.

"넌 뭐야!"

그들 중 덩치가 큰 사내가 눈이 뒤집혀 허난경에게 달려들
었다. 하지만 결과는 마찬가지였다. 허난경의 칼부림 한 번
에 제대로 된 반항도 하지 못한 채 목이 잘려 바닥을 나뒹굴

었다.

"으아악!"

인부들이 공포에 질린 얼굴로 사방으로 흩어진 것은 당연한 수순이었다. 해월령이 고개를 쳐들어 허난경을 노려보며 외쳤다.

"이게 무슨 짓이에요!"

"무슨 짓이라니?"

허난경은 빙긋 웃으며 어깨를 으쓱였다. 해월령은 오싹함을 느꼈다. 자신이 무슨 짓을 저질렀는지 전혀 자각을 못하는 듯한 행동거지 때문이었다.

"뭐야! 무슨 일이야!"

때를 같이 해 지여선과 한산이 득달같이 모습을 드러냈다. 허난경은 빙긋 웃으며 손을 들어 보였다.

"오래간만이네?"

"아!"

순간 지여선의 발걸음이 멈췄다. 처음에는 상황을 이해할 수 없었다. 방금 전까지 일을 하던 인부들의 머리가 땅바닥을 구르고 있었기 때문이다. 하지만 곧 허난경의 손에 들린 피 묻은 검을 발견했다.

"이, 이게 무슨 짓이에요?"

"뭐, 보다시피야."

"……?"

혼란스러웠다. 뭐가 어떻게 돌아가고 있는 것인가? 그때 허난경이 천천히 지여선에게 걸어왔다.

"반갑다, 얘."

스윽.

한산의 눈이 꿈틀거렸다. 검을 쥔 손이 허리 뒤로 슬며시 빠지고 있었다.

"위험해!"

순간 한산이 지여선의 목덜미를 잡고 뒤로 뺐다. 그와 동시에 허난경의 검이 방금 전까지 지여선이 있던 자리를 가르고 지나갔다.

허난경은 눈을 끔벅이더니 한산에게 시선을 주며 웃었다.

"어마? 눈치 빠른 총각이네?"

"보아하니 두 분이 가까운 사이 같은데 이게 무슨 짓… 큭!"

한산은 말을 끝맺지 못했다. 허난경이 거칠게 달려들며 다시금 검을 휘둘러 왔기 때문이다.

사각.

상의 앞섶이 베어졌다. 실로 종이 한 장 차이였다. 조금만 거리를 잘못 쟀어도 치명상을 입었을 터.

뿌드득!

한산이 이빨을 으득 갈았다. 뭐가 뭔지는 모르겠다. 하지만 중요한 것은 허난경이 자신과 지여선을 죽이려 했다는 사실이다.

"말로 할 상황이 아니군."

부르르!

한산은 두 주먹을 말아 쥐며 자세를 취했다. 허난경이 고개를 갸웃거린다.

"어마?"

"아마도 처음 보는 자세일 게요!"

한산이 보폭을 가볍게 가져가며 통통 뛰기 시작했다. 허난경이 고개를 갸웃거렸다.

퉁!

허난경이 의문점을 토하기 전에 한산이 거리를 급격하게 좁혀왔다. 허난경이 검을 뻗는 순간 시야에서 한산이 사라졌다.

"뭐……?"

정확히 말하자면 밑으로 푹 꺼진 것이다.

눈 한 번 깜짝할 사이에 일 장의 거리를 좁혀온 한산이 상체를 숙이며 허난경의 품 안으로 파고들며 주먹을 위로 쳐올렸다.

부웅!

허난경의 콧가가 시큰해졌다. 본능적으로 뒤로 반걸음을 물러선 것이 천만다행이었다.

하마터면 한산의 올려치기에 턱을 정통으로 얻어맞을 뻔

했다. 하지만 한산은 숨 고를 시간을 주는 것조차 아까운 듯 연결 동작으로 주먹을 후려쳐 왔다.

이번에는 왼쪽 관자놀이를 노리고 들어오는 휘어지는 주먹이다.

"이익!"

허난경의 얼굴에 크게 당혹스러워하는 빛이 떠올랐다. 피할 수가 없다. 올려치기를 피하기 위해 뒤로 물러서느라 중심을 빼앗긴 탓이었다.

쩍!

한산의 주먹은 정확히 허난경의 관자놀이에 적중했다. 허난경의 두 눈동자가 크게 흔들렸다. 주먹에 얻어맞는 순간 얼굴이 으깨지는 듯한 충격과 함께 눈앞이 새하얘졌다. 하지만 수룡왕의 명성은 거저 얻은 것이 아니다.

부앙!

"큭!"

한산이 크게 놀라며 뒤로 물러섰다.

'대단하군. 정확히 걸렸는데.'

주룩.

볼에 느껴지는 축축한 느낌. 아무래도 검상을 입은 듯하다.

가각!

허난경은 검으로 의지한 채 정신을 차리기 위해 애썼고 숨을 몇 번 고를 시간으로 충분했다. 그만큼 그녀는 무시 못할 고수였다.

그때 지여선이 크게 외치며 앞으로 나섰다.

"그만! 그만둬요!"

"위험하오! 비켜서시오!"

한산은 다급하게 외쳤지만 지여선은 고개를 내저었다. 일단 상황을 명확히 파악하는 것이 먼저다. 혹시 아는가, 뭔가 오해가 있을지도.

"말해봐요. 뭐예요?"

"선아, 너 변했구나?"

"⋯⋯?"

허난경은 손으로 울리는 머리를 부여잡으며 씁슬이 말문을 열었다.

"네가 나에게 그런 눈빛을 보일 줄은 몰랐다."

"날 공격한 건 언니예요!"

"아! 그런가?"

"왜죠? 속 시원하게 말 좀 해봐요!"

"싫은데? 말할 이유가 없어."

스윽.

허난경은 검을 치켜들며 차가운 미소를 지었다. 찰나의 시간을 유용하게 쓴 결과 몸 상태를 온전히 수복했다.

"하지만 넌 오늘 죽어야⋯⋯."

드드드!

갑자기 땅바닥이 울리는 통에 허난경은 채 말을 끝맺지 못했다. 그것은 다른 이들도 마찬가지였다.

"지진인가?"

한산은 영문을 모르겠다는 표정이다. 갑자기 지진이라니. 하지만 곧 그 진원지를 찾아냈고 모든 이들의 시선이 한곳으로 쏠렸다. 바로 마굴 안쪽이었다.

그러나 그들은 허난경의 안색이 새하얗게 질렸음은 깨닫지 못했다.

"서, 설마……!"

지진과 더불어 온몸을 엄습해 오는 이 위압감은 오랜 세월이 지났지만 익숙하다. 또한 그녀가 아는 한 유일무이한 자였다.

"아, 안 돼… 이럴 수는 없어!"

허난경이 고개를 좌우로 내저으며 넋이 나간 어조로 중얼거렸다. 그녀의 바람과는 반대로 바닥은 더욱 거세게 요동치기 시작했다.

"아악!"

순간 허난경이 발악적으로 외치며 뒤돌아 도망쳤다. 어찌나 급했는지 해월령조차 내던졌다.

한산은 허난경을 잡을 수가 없었다. 온통 신경이 마굴 쪽으로 향해 있었기 때문이다.

쾅!

그 순간 엄청난 굉음이 마굴 안에서 들려왔다. 그리고.

콰콰콰!!

흙과 바위의 파편이 입구 밖으로 터져 나왔다.

지여선과 한산. 그리고 바닥에 주저앉아 있던 해월령의 시선이 동굴 입구에 집중되었다. 아무도 지금의 상황에 대해 말하지 않은 채 입을 꾹 다물었다.

…벅. 뚜벅. 뚜벅.

그리고 그들의 귓가에 들려온 자그맣던 발자국 소리가 점점 커졌다.

"휘유!"

자욱한 먼지를 뚫고 한 중년 사내가 걸어나왔다.

물을 필요도 없었다.

그는 바로 적가의 초대 가주이자 당시 암중제일고수였던 적운이었다.

"햇볕을 쬐는 게 얼마 만이지?"

적운은 눈가를 찡그리며 하늘을 올려다보다가 자신에게 향한 시선을 느꼈다.

"너희들은?"

"……."

모든 이들의 입이 막혔고 적운은 눈을 끔벅일 뿐이었다.

아들 적연이 보낸 이들이란 것을 알게 된 적운은 맨 처음 계곡에 가서 묵은 때를 벗겨내고 간단하게 요기를 하며 입을 열었다.

"그렇군."

이미 그간의 이야기는 지여선에게 모두 들은 상태였다.

"꽤나 심각해진 상태라 이거군."

말은 그렇게 하지만 왠지 자신이랑은 별로 상관없다는 표정이다.

"어차피 녀석이 헤쳐 나가야 할 일이니까. 굳이 내가 전면에 나설 필요는 없겠지."

굳이 그렇게 말하는데 뭐라 할 수는 없는 일이다. 지여선이 수긍을 할 무렵 옆에 앉아 있던 한산이 아까의 일을 꺼냈다.

"그건 그렇고 아까 그 여자는 뭡니까?"

"아……."

허난경의 이야기가 나오는 순간 지여선이 시무룩한 표정으로 고개를 떨궜다.

"어려서 절 거둬준 분이에요."

"그렇다면 이해가 가질 않는군요. 그런 사람이 당신을 죽이려 하다니요."

"저도 답답한 마음이랍니다."

"애초부터 이상했어."

옆에서 들려온 소리에 두 사람이 고개를 돌려보니 양 무릎 사이에 얼굴을 파묻고 있는 해월령이었다. 그녀는 힐끗 눈만 치켜뜨며 입을 열었다.

"잘은 몰라. 하지만 느낌이 그랬어."

"누구에 대해서 이야기하고 있는 것이더냐?"

혼자 멀뚱히 그 이야기를 듣게 된 적운이 고개를 갸웃거리며 물어왔다. 지여선은 쓴 미소를 지었다.

"아마 아실 거예요. 한때 적가의 사람이었다고 하더라고요."

"적가의 사람? 여자?"

적운은 잠시 턱가를 매만지다가 안광을 번뜩였다.

"설마 허난경을 이르는 말이더냐?"

그의 눈빛이 심상치 않음을 깨달아서일까. 지여선이 조심스럽게 고개를 끄덕였다. 적운은 눈을 지그시 감으며 한탄성을 터뜨렸다.

"허어! 이제야 모든 상황이 이해가 가는구나."

"예? 무슨 소리십니까?"

"우리 적가를 멸문에 이르게 한 이가 바로 허난경이었느니라."

"예?"

지여선의 눈이 크게 치켜떠졌다.

"우리 적가가 어찌 당했는지는 들었느냐?"

"놈들의 암습에… 음식물에 독이 타져서… 헉!"

예전 적연과 율무극에게 들었던 이야기를 조합하던 지여선이 헛바람을 삼켰다. 그렇다면 허난경이 저질렀던 이야기란 말인가?

"큰일이군."

적운이 몸을 일으켰다.

"허난경만큼은 내가 마무리를 져야 한다."

나지막한 어조에는 힘이 들어가 있었다.

"헉! 헉!"

허난경은 폐가 터지도록 달리고 있었다. 뒤도 돌아볼 수가 없었다.

뒤를 돌아보면 적운이 뒤에 있을 것만 같은 느낌이 들었기 때문이다. 그만큼 그녀가 적운에게 가지고 있는 공포심은 엄청난 것이다.

적가를 멸문시킨 것은 그녀였고, 그 비밀을 알고 있는 이는 적운이 유일했다.

그만큼 그녀는 자신을 잘 숨겨왔지만 이제는 상황이 달라졌다.

적운이 마굴 바깥으로 나왔다.

그가 나와서는 안 되었다. 애초부터 그것이 그녀가 바라는 바였다.

'상관책! 그 바보 같은 자식 때문에 망친 거야.'

상관책에게 이런저런 조언을 해준 것도 그녀였다. 물론 야율뇌풍이라는 놈으로 인해 어그러지기는 했지만 따지고 보면 상관책이 제대로 처신하지 못한 책임이 컸다.

설마하니 그토록 쉽사리 무너질 줄은 몰랐다.

이제는 어떻게 해야 하나.

"분명 적운은 날 찾아낼 거야."

적운의 성격상 그것은 틀림없는 사실이었다. 이대로 당할 수는 없다.

"이대로 당할 수는 없어."

허난경은 독하게 마음을 먹었다.

그녀의 목적지는 배화교였다.

야율뇌풍을 만나야 한다. 현재 자신을 적운의 손아귀에서 보호해 줄 수 있는 이는 그밖에 없다.

*   *   *

"흐음."

한쪽 눈에 기다란 검상을 입은 사내가 서신을 들여다보며 침음성을 삼키다가 고개를 끄덕였다.

"주군의 필체가 맞다."

"오오오."

그 순간 천막 안에 자리 잡고 있던 수십 명의 낭인들이 탄성을 터뜨렸다. 눈가에 검상이 있던 사내는 가볍게 손을 들었다.

"조용."

그의 말이 떨어지기가 무섭게 낭인들이 입을 꼭 다물고 사내를 뚫어져라 응시했다.

"주군께서 보내신 서신의 내용은 아주 간단하다. 바로 중원 진출이라는 네 글자지. 하지만 우리가 간절히 원하던 바였다. 잘되었군."

사내는 피식 미소를 지으며 미친개에게 시선을 주었다.

"떠나는 것은 오늘 자정이다. 길은 네가 안내하라."

"뒷장에 추신이 있을 텐데요?"

"추신?"

미친개의 말에 사내가 고개를 갸웃거리며 뒷장을 살폈다. 그리고 써 있는 글귀는.

보낸 녀석은 엄청난 길치다. 알아서 찾아오도록.

"으음……."

사내가 침음성을 삼켰고 미친개는 머쓱한 듯 머리를 긁적였다.

자정.

미친개는 사내를 따라 막사를 벗어났다. 그리고 드러난 광경에 눈이 휘둥그레졌다.

"와아!"

절로 탄성이 나온다.

어둠이 드리운 사막의 차가운 공기와 달빛을 받은 채 오천에 이르는 낭인들이 집결해 있었다. 그들은 모두 갑주를 차고 있었으며 말에는 장창과 검을 비롯해 궁과 방패까지 매달려 있었다.

'군대라고 해도 믿겠다.'

말로만 들어봤을 뿐 실제로 본 것은 처음이다. 하지만 한 가지 확실한 것은 가슴 한편이 두근거리기 시작했다는 점이다. 그것은 아련함이 아닌 확신이었다.

'이길 수 있다.'

"자네도 말에 올라타게."

사내의 말에 미친개가 황급히 빈 말에 올라탔다. 사내는 근엄한 표정으로 뒷짐을 진 채 오천 낭인무사들을 향해 외쳤다.

"지금부터 우리는 중원으로 간다!"

"와아!"

중원이란 말이 나옴과 동시에 무사들이 환호성을 터뜨렸다.

"가자!"

두두두두!
오천 낭인무사들이 이동을 시작했다.
목적지는 신강이다.

『용검풍』 제4권 끝

주 서식지:마키오(http://makio.co.kr)

EXCITING! BLUE! 블루부크(BLUE BOOK) 청어람의 또 다른 이름입니다.

BLUE BOOK 출범 및
칠대천마 출간 기념 이벤트!

빠르게 발전해 가는 장르문학의 변화를 리드하고 절대적인
재미와 감동, 무궁무진한 상상력으로 도서출판 청어람의
뉴 브랜드 블루부크가 출범하였습니다.

높은 완성도와 끊임없는 반전의 연속, 감동을 전해 드릴 것을
약속드리며 시작하는 블루부크의 첫 번째 출판작

칠대천마!!(七代天魔)

그 눈부신 첫 작품이 독자 여러분의 곁을 찾아갑니다.

그리고 몰아치는 대폭풍 같은 이벤트!
칠대천마 읽고 쏟아지는 사은품을 노려래!

ONE. 칠대천마 퀴즈 풀고
문화상품권을 잡아라!

Q1. 수석장로 전홍이 소운에게 쓰는 사람에
따라 모습이 변하는 가면을 주었는데,
그 가면의 이름은?

Q2. 혈창천마의 전 대제자이자 혈창천마의
아들로 현마교의 십장로인 인물은?

문제는 총 5문제!!
www.cyworld.com/bluebook _로 접속해서
나머지 문제를 확인하세요!

TWO. 블루부크를 응원만
해도 도토리가?

싸이월드 미니홈피에서 블루부크 로고를
스크랩하고 응원메세자를 남기면 도토리
300개가 쏟아진다!

언제까지?
기간은 6월 10일까지!
지금 바로 싸이월드 블루부크 미니홈피에
접속하세요!

BOOK Publishing CHUNGEORAM

BLUE
BOOK

무한 상상 무한 도전의 힘!
블루부크

EXCITING! BLUE! 블루부크(BLUE BOOK) 청어람의 또 다른 이름입니다.

BLUE는 맑게 갠 가을 하늘과 넓은 바다입니다.
그곳에는 미래에 대한 희망과
보다 넓은 미지의 세계에 대한 동경이 담겨 있습니다.

BLUE는 젊음과 패기를 의미합니다.
언제나 새로운 시작을 위한 힘이 있고
세상에 대한 도전의식이 충만합니다.

블루가 새로운 도전과 희망으로
곧! 여러분과 함께합니다.

BLUE BOOK
도서출판 청어람

유행이 아닌 자유추구 -
www.chungeoram.com   Book Publishing CHUNGEORAM